人生本来就是一无所有的，幸好往事可以取暖。

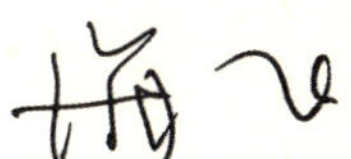

惊蛰如此美好

海 飞 著

GUANGXI NORMAL UNIVERSITY PRESS
广西师范大学出版社
·桂林·

JINGZHE RUCI MEIHAO

图书在版编目（CIP）数据

惊蛰如此美好 / 海飞著. —桂林：广西师范大学出版社，2018.12

（雅活书系）

ISBN 978-7-5598-1328-2

Ⅰ. ①惊… Ⅱ. ①海… Ⅲ. ①散文集—中国—当代 Ⅳ. ①I267

中国版本图书馆 CIP 数据核字（2018）第 251973 号

广西师范大学出版社出版发行

（广西桂林市五里店路 9 号　邮政编码：541004
网址：http://www.bbtpress.com）

出版人：张艺兵

全国新华书店经销

广西民族印刷包装集团有限公司印刷

（南宁市高新区高新三路 1 号　邮政编码：530007）

开本：787 mm ×1 092 mm　1/32

印张：10.125　　字数：150 千字

2018 年 12 月第 1 版　　2018 年 12 月第 1 次印刷

定价：58.00 元

目 录

惊 蛰 如 此 美 好

003/ 没有方向的河流

021/ 记忆望着我

027/ 常山杂记

035/ 对墨绿色的一种张望

044/ 温州夜雨

047/ 去临海

049/ 岛和鸟的清晨

051/ 白马湖：1920年代文人的武林

056/ 眼泪毫不留情地滴在阳澄湖蟹上

060/ 我想我是老了

064/ 你让我想起我平淡无奇的童年了

072/ 那么让我们来谈谈小说吧

076/ 从路遥到陈忠实

080/ 裁缝是一棵朴素的青菜

082/ 风继续吹：共同度过是一件不容易的事

086/ 春风十里乱读书

090/ 我遥远的丹桂房
099/ 武侠的年代
107/ 德清流水
115/ 民国是遥远的梦境
118/ 南山之恋以及世界上所有的张磊
122/ 给我坐好，我同你讲
127/ 海飞这个混蛋太能扯了
129/ 南通啊南通
133/ 雨水之后，惊蛰以前
141/ 岁月恍惚，蝉声响亮
143/ 酒事辽阔，大地苍茫
158/ 我遥远的钢锯岭
166/ 惊蛰如此美好
175/ 从天而降的水声
——序《名家故居逸事》
182/ 在深夜里回忆往事
——写给周明小集《读海飞》
187/ 抱着声音，一觉天明
——与徐玉兰或者越剧有关的声音片段
199/ 李健：声音里的旷世爱情
204/ 黑陶夜谈
207/ 黑陶短信

210/ 电影是我们的另一种人生
213/ 案情之外的隐秘爱情
216/ 在初夏向杨绛先生的背影鞠躬

编 剧 这 个 行 当

223/ 我愿意是一只麻雀
——中篇小说《麻雀》创作谈
227/ 麻雀起飞，随记点滴
229/ 麻雀起飞，再记点滴
231/ 麻雀起飞，又记点滴
233/ 麻雀起飞，仍记点滴
235/ 麻雀起飞，还记点滴
237/ 《麻雀》进程
——致千乘影视周总及诸位战友
247/ 《麻雀》剧本之徐碧城结局的再沟通
250/ 《麻雀》开机前，编剧海飞致全体主创
267/ 《麻雀》海报用词
269/ 我承认我五音不全
——写给《麻雀》制片方对音乐的一些意见

272/ 《麻雀》二次片花修改意见
274/ 致《麻雀》出版人
276/ 陈深这个人
281/ 隐秘的世界
——短篇小说《棺材梅》创作札记
287/ 一声枪响
——长篇小说《回家》创作谈
291/ 沉湎与徘徊
——说说长篇小说《向延安》《回家》
296/ 从《回家》看军事题材新方向
299/ 对《野山鹰》片花的意见
301/ 《野山鹰》开机前致诸位主创
316/ 给《女管家》女一号张钧甯的回复

壹

惊蛰如此美好

没有方向的河流

我站在村外河水的浅处，一直往东南方向行走。日光高远，层层叠叠地拍打下来，水面漾着整片白晃晃的光芒，让我睁不开眼睛。我想那一定是我的童年，我的童年里小伙伴们像木偶戏里的木偶，他们和我处在同一条河，像一起上演一场默片。童年无比寂寞，我们在寂寞中逆流而上，两条瘦腿插在浅浅的河水里，一路挖蟹洞里的螃蟹。最后我们从丹桂房沿着河水一直走到了大悟村，那是一个陌生的世界。水的声音低回，鸟阵铺天盖地地从我们头顶飞过，窜进绿油油的树林。

在我童年的眼里，大悟村是一个桃花源。我久久地站在浅水里，望着不远处岸上新鲜的大悟村发呆。我认为大悟村成群的房子和树木背后，深藏着一个个谜团。

我随时都能记起我出生在一座叫“枫江”的桥上，那座水泥桥是诸暨通往绍兴必经的公路。1971年十一月初

商亚东 《没有方向的河流》

八，冬天已经进行得如火如荼。我年轻的父亲拉着板车出现在枫江桥上。板车上铺着温软的稻草，稻草上躺着我年轻的母亲，她的肚皮高高隆起。他们是去医院生孩子的。那时候已经黄昏，鸟群开始回巢，一个孩子没来得及赶到医院，就在桥上出生了。这个孩子就是我。

所有的一切，都是在一个大雪封山的日子里，父亲不急不缓地告诉我的。他捧着一只搪瓷茶缸烤火，屋后院里的竹子被积雪压折，发出啪啪的响声。我坐在炉火的边上，想象我出生的年岁，我突然想到，来到人间的那一刻我能听到桥下隐隐的水声吗？

我现在仍然对大悟村心存美好的向往和深深的恐惧，有时候我觉得那个村庄简直不是人间。偶尔，会从村庄的深处骑行出一个穿深蓝色直筒裤的女子，二十四寸的脚踏车，长发披肩，是1983年左右的美丽。这样的美丽、干净、清爽，散发出肥皂的气息。而我是懵懂、混乱、脏和自卑的少年。我更喜欢我出生时的那座枫江桥，仿佛在桥上我便能窥见自己的灵魂。我也喜欢在桥上听水声，不时有车子从我身边一闪而过，呼啦一声，像转瞬即逝的妖怪。

我想，我整个的童年时光，其实全被河水打湿，湿得像一望无际的岁月。

我想有时候我是在选择虚度光阴的。

我用我整个的少年上山，像一个去“假壁铜锣”山顶请香的道士。有很多时候，我会长久地守着一汪清澈得让人无地自容的山泉。那山泉来自山顶的某一个地方，显然我是找不到它的源头的，我对源头也不是十分感兴趣。我只知道它来了，十分安静地俯卧在我的面前。所以我会蹲下身来，掬起一捧水喝。那汪山泉周边，全是潮湿的枯叶和败草，显出阴冷的气味。我把这从上游落下来的山泉，叫成一条山上的河。

我的少年有一个理想是当武侠电影中的侠客，我觉得我要买来一匹马，然后带着一把宝剑行走江湖，路见不平的时候拔刀相助。当然，我也会选择一个酒肆歇息打尖，并且叫一壶黄酒和一斤牛肉。我还有一个理想是当一个游方的道士，穿着带八卦图案的道袍，肩背一把桃木剑。自从看了《西游记》以后，我对伏妖降魔这件事充满了无限的向往。我就在侠客与道士这两种职业间徘徊着，一直到有一天离开小镇枫桥。

我觉得我就是那汪隐秘的山泉，我都没有搞清楚那些败叶的脉络，我只知道它们阴暗而潮湿。我走到太阳底下的时候，我的少年变得阳光起来。我的眼睛长得比较细，我眯上眼睛的时候，差不多就是闭着。在我闭着的眼睛里，晃荡起来的镜头是狭窄细小的山泉从天而降。

少年辰光，一直有一条河水在我的梦境里游动，像招摇的水草，像村庄上空的炊烟。

1989年春天，我和80位枫桥新兵出现在轮船上。那轮船就行驶在长江，它从上海十六铺码头出发，目的地是江苏南通。江风阵阵，我假装玉树临风地站在甲板上，突然觉得长江不过是一条宽阔的河流。

我们来到了南通一个叫环本的地方。这个地方是江苏省第二十一劳改农场，我们在这儿执行看守犯人的任务。那是我最美好的三年光阴，草绿色的军衣下包裹着混沌，粗糙，有力量，甚至弥散着汗味的青春。我们有时候选择喝酒，有时候选择在操场上的单双杠边上谈论家乡的姑娘，或者是环本镇上一个卖包子的小嫂子。

环本这个地方的四周，是大片的麦田和油菜。如果你在春天潜行，你一定会被整片的庄稼吞没。1989年春至1991年冬，我一直乐此不疲地做着这件事，我真希望长久地行进在充满植物气息的庄稼地里。那摇晃的麦穗或者油菜花，有时候会让我激动得想哭。我想我会不会这样一直都走不到头，走到了荒无人烟的地方，那儿野麦生长，或者有一头河水边的小鹿……我认为我必须弄清楚，你也一样，你也得弄清楚。哭是一件美好的事，哭不是流泪，流泪没有高潮。

环本农场的更远处，就是黄海的滩涂，滩涂上爬行着一种奇怪而丑陋的独脚蟹。三年的光阴，让我对环本了如指掌。我十分热爱那儿纵横的沟渠，认为那是一种平原上的河流。这样的沟渠中盛产小龙虾，红或黑的笨重的壳，长得一点也不秀气，仿佛是镇上的憨大。我们常把它红烧了，放姜和葱，少许酱油，用它来下酒吃。我们用它下酒的时候，谈论的仍然是家乡的姑娘。

我相信世上所有的路其实是相连的，如同世上所有的河流，会有同一个隐秘的源头。离开南通的时候，我坐上了汽车。我记得那是冬天的一个夜晚，天还没亮，我看到了营房胖墩墩的、像黑色而且发福的妖怪。新兵们敲脸盆欢送我们，他们因此而欣喜，从此他们将成为老兵。和当年入伍时的来路一模一样，下车后我们登船，在长江某条船的甲板上，我觉得这条宽阔而绵长的河面上，阳光正在翻晒着我那三年被完全虚度了的光阴。

我出现在丹桂房村外的土埂上。如果我说的一切是一部电影，那么镜头是这样的：一个叫海飞的退伍军人，穿着旧军装走在田野间，他给你看到的只是背影。他的背影越过了阡陌，进入村庄，然后出现在一幢老式的民居前。他举手敲了敲门，门打开了，一个老男人的脸呈现在我们面前。

他是我的父亲。

2005年初夏，我开始在杭州段的运河边上行走。每天晚上我都要在石板铺成的小道上走一个小时。走进那些若隐若现的灯光里，我的穿着显得有些不伦不类，绿色旧军裤，白的广告T恤，运动鞋。我知道汗水已把我的衣裤打湿。我喜欢那条河，是因为运河的水面上，总是有运货的船只经过。那些船上晾着衣物，可以看到有人在灯光下的小屋间里看电视，一条狗沿着船舷走来走去，装着视察的样子望着运河两岸。我一直都在猜想着船上的生活，这些船有些来自绍兴，有些来自诸暨，或者别的什么地方。他们有好多是去往盐城的，我从未到过盐城，只知道有一个叫徐彩斌的战友生活在盐城。两座城由一条运河紧密相连着，但是战友之间却不联络。一晃就是二十多年过去了，我在想，人生又有几个二十年是可以用来挥霍的。

现在我选择在杭州城西居住，每晚走在余杭塘河的边上。我知道我的身体已经开始发福，有好多年轻的女孩叫我“海叔”甚至“海爷”。既然作为长辈，我得有所修养，并且要有一定的温文尔雅。但是当我走在余杭塘河边上时，我的脚步风快，甩手甩脚横冲直撞，走路的姿势一定是不雅的。我仿佛是在追着一条河流西去，难道我想和河流赛跑？

我不知道运河的方向是哪儿，我想既然是京杭大运河，那一定是会通往北京的。我感兴趣的是运货船上的人生，我奇怪地想，怎么会有一种人，是可以生活在水上的？

光是“苏州河”三个温文尔雅的字，足以令我想入非非。我对她的痴迷，来自一部同名电影，以及各种传奇。

所以她屡屡进入我的小说中，无论是《向延安》《麻雀》还是《捕风者》，苏州河都是一个使用频繁的地标。我不知道她有没有方向，后来百度以后我终于明白，苏州河是从太湖瓜泾口蜿蜒东去，一直注入黄浦江。

1937年苏州河畔的炮火明亮，淞沪会战如火如荼。谢晋元团长率一支孤军驻守四行仓库，那时候日军攻势凌厉，上海童子军战地服务团的14岁女团员杨慧敏冒着横飞的子弹游过苏州河，给那支浴血中的孤军送去了青天白日旗。旗帜飘扬，苏州河与战事有关，与一个少女的人生有关。她的人生方向从此改变：此后她去了重庆，又去了台湾，像一条苏州河的支流，流向自己的方向。

我想象地球上的水们，大多是没有方向的，就像地震后海面会出现一座小岛，就像河流的方向会发生变化，就像我们的人生，分分秒秒都会有各种突变。从某种意义上来说，我们和蚂蚁没有什么两样，轻飘飘的一阵随随便便的风就能把你吹走。我们的人生像是没有安装刹车片的河流一样，翻滚着向前，带走泥沙，淹没一棵树，一片庄稼。

有时候我喜欢的一种状态是，河水淹没了好多树。这些树从腰部开始露出水面，仿佛是长在水上似的。这样的场景容易让人觉得，河水以下其实藏着许多的秘密。

我喜欢的另一种状态是袒露的河床。我觉得那样的河床几乎是个老年人，他丑陋而本真地在天空下晒着太阳。他是有资格丑陋的，那是另一种美。

我给小说中出现的一匹马取名大河，它最后死了，躺在江南祠堂的地上合眼的，像一个人的死亡，像一条河的干涸或者消失。我真的喜欢它的名字，它叫大河。

我认为既然说到河，我们是必须要说说溥仪的。很多年前的一场电影，《末代皇帝》，苍凉得让人胃酸。我记住了电影中的道具蛐蛐，如果你看过这部电影，一定也会和我一样对蛐蛐念念不忘。那是一只神来的昆虫，一只妖怪形的生物，是我喜欢的太过艺术的蛐蛐。我还记住的，就是一个人的名字，他叫溥仪。

其实在很早以前，应该是在1986年以前，我躺在上海杨浦区龙江路75弄12号一间小房子的大钢管床上，翻动一本叫作《我的前半生》的厚书。那是在我外婆的家中，外婆像苏联老太，肥胖敦实，头发花白。住在这样的屋子里，我感到幸福，我就像出国到了苏联一样。而溥仪莫大的幸福，不是登基，而是被从改造战俘的劳改农场里释放。他变得如此地谨小慎微，所有的棱角都被那些经历磨平。

如果他是一条河，他一定也不知道，他会流向何方。皇帝和战俘是他的双重身份，很难搞得清楚，他快乐的时光是在他人生的哪一刻。我喜欢他的那种脸型，接近民间，不像皇帝，那么地凡俗，但又仿佛隐隐地有些皇家之气。我在一部黑白的纪录片里，看到他被从战俘营释放时的欣喜，也看到他在狱中的谦卑。所以只要你是一个凡人，一定会被各种打压摧毁。摧不毁的是孙悟空，但孙悟空谁也没见过，也根本没有真正来到人民中间。

这让我想到了另外的一些人和事。小凤仙的后半生如此地颠沛，读到她在东北度余年时的悲凉晚景，不禁让人悲从中来。大流氓黄金荣殷勤地在上海扫大街，这个不可一世的魔王，在暮年时分把扫帚玩得风生水起，最后十分苍凉地死在民间。他死在他发迹的上海。另一位大亨杜月笙死在了香港，可以想象他逃离上海前的那种悲苦心境。八千湘女上天山，知识青年上山下乡，轰轰烈烈敲锣打鼓以后，是漫长的平静。我们永远都不知道命运这条河游向何方，哪一个点才是转弯处；哪一个点是高坡的跌落，状如瀑布；哪一个点，又是一片荒凉。这芸芸又芸芸的众生里，那个丹桂房村庄最著名的懒汉海飞，后来拉煤摆摊，或者在诸暨县城的街头悠闲地晃荡，多么像一粒忙碌的灰尘。

我们像是被命运这条河裹挟着前行的人。我们来不及去改变命运，就发现自己在虚度光阴以后，在三杯黄酒一轮好月以及清唱一曲以后，垂垂老矣，老得须眉皆白，老得苍凉似海。

很多年后我选择码字谋生。女儿渐渐长大后，我的书房被她无需理由地占据，像一个理直气壮的霸王。渺小的我只好搬到了露台改装的另一间书房。那是一间玻璃房，三面通透，安装着明净的玻璃，白天拉着厚重的窗帘，夜晚则完全打开。所以我能看到更多的夜色，以及远远近近的灯光。夜深人静，夜色像一只黑色的大鸟，在我的四周蛰伏着。如果有雨来临，雨点就敲打在玻璃房的屋顶，声音急促得像鼓点。那时候我被这样的雨声笼罩，密集而响亮，我喜欢这样的响亮。这大概是另一种嘈杂的安静。我

商亚东《村外的河流》

把笔直落下的雨水想象成是一条来自天上的河，无比忧伤地流向了人间。

我愿意被这样的雨阵和雨声笼罩，以及包围。窗明几净，一株普通的龙舌兰笨拙而鲜活地生长在地板上，夜色清凉像是薄荷糖的滋味。我在这间简陋如我的人生的书房里，生产剧情，编织恩怨，并且为之矫揉造作地歌哭。我想，作家的人生不尽相同，张爱玲为了寻找战乱中的胡兰成，从上海跑到了诸暨，而胡兰成在那个叫斯宅的小地方，已经搭识了已故同学之妻。这样的故事比较寻常，几千年一直发生着，不寻常的是那时候是战乱。我喜欢战乱时期的黄昏，比如远处有隐隐的炮声传来，近处的野花在微微地颤动，乌鸦在一棵乌桕树上鸣叫。甚至有硝烟因为被风吹送，而向这边飘来，硝烟中混合着的是硫黄的气息。张爱玲注定是一条悲伤的河，一直到客死异乡，河床干枯。如此说来，那么古龙是不是狂放的河？海明威是不是野性的河？杜拉斯是不是爱情和糖果之河？川端康成是不是清奇之河？

不管是哪一条河，今夜都密集地汇集在我的面前。此刻是凌晨2点19分，杭州的金汇大厦十七层1705房间，我在码字，以及思念那些先行的作家，像思念一些远去的亲人，像想象一条条纵横交错的白晃晃的河流。多么荒凉。

写作是一个奇怪的行当。我不知道我为什么在做了如此多的粗俗工作以后，选择这一行当。我插秧割稻，下河捕鱼，14岁那年开始去河里捞沙，那是需要把整个人泡在水里的工作，这让我后来感觉到关节不是那么健康。我当兵，拉煤，当保安，摆小摊，办厂报，做水电安装工人……我尽可能把我的许多行当想象成充满温情的工作，比如想象一下，其实这些工作也充满着相对的艺术。但是我不明白，为什么我还是身不由已地与文字息息相关，又爱恨交加。如果我是一条河，我该是一条什么样的河?

除了写作以外，我必须要说说我的父亲。父亲十分荒凉，这条已经进入暮年的河流，他的流向一成不变。不见涨潮，也不见干涸。我又突然想见，在我女儿的眼里，作为父亲的我该是一条哪般形象的河流。或者，她根本不会把我想象成河流，她会想象我是小溪，小沟，甚至自来水龙头下挂着的一滴欲滴未滴的水。

我为什么要说说父亲，是因为我觉得父亲大概就是我距离最近的源头。年轻的时候，他是丹桂房村第五生产队英俊的植保员。后来他赶猪去镇上叫卖，也贩卖红枣，农忙的时候跌跌撞撞地在农田里插秧割稻。他过着中国普通农民在过的日子，我想他可能对我也是充满好奇的，他一直搞不懂我的职业，后来慢慢懂得他的儿子是会写东西的。但是，他仍然搞不明白的是，写字怎么也能够养家糊口？

现在父亲这条无力的河流，生活在上海闵行区我妹妹的家里。他学会了带孩子，并且在小区的空角落里种植青菜、萝卜和玉米。他在老年之际突然有了一个上海户口，但是他一生都不会被人认为是上海人。我去上海看他，好多时候，他坐在沙发上捧着茶缸一言不发。那幅镜头很像是一张静止的照片，光线把父亲斜斜地切开。父亲一动不动，我却感到了蚂蚁啮咬般的疼痛。

我想，多年以后我就是他的翻版，翻版得残酷无情，翻版得让人骨头疼痛。

春天就要来临的时候，我特别渴望迅速拥有一支桑树皮搓成的鞭子。我赶着水牛走向明晃晃的水田，或者赶着一头母猪去镇上找约克公猪配种。这是一种没有天理的生意，母猪最大的悲哀是倒贴着钱去陪公猪睡觉。我还渴望有一把竹筒做的水壶，可以让我在路上解渴；一辆板车，可以拉满我一车的梦想。我真想在庄稼地里躺下来啊，地面微凉而柔软，植物在我眼前摇晃，把太阳摇得七零八落。风一阵一阵吹来，世界多么宁静。

那就躺下来吧。躺在潮湿的地面上，我整个的生命随即与大地之气相连。地气透过背部向内传达着阵阵阴冷的潮气。我合上眼睛，就像回到了蛮荒的远古。那是一个多么美好的年代，人们腰间围着树叶，手中持着长矛，奔鹿，野狼，蛇，狐狸，以及地上次第呼啸盛开的野蘑菇，让这个世界彩色而美好。

我躺在野地上，我就是一条没有方向的河流。或许有一天我会成为河床，但我至少也以河的形式存在过。此刻，请允许我欢叫一声，并开始想念小说中那匹叫大河的马。

2013/10/23

记忆望着我

这个标题是借来的。是一部电影的名字。当《它山传奇——四明首镇鄞江记忆》的书稿躺在我书桌上的时候，一场叫作“潭美”的台风，影响到了我所居住的城市。我三面是窗的书房，立即被雨水包围和淹埋。我想，我大概是老了，当我翻动着书稿，然后停下来去拿一杯盛满凉开水的杯子时，突然觉得大雨摧城，我的年华已经在雨声里老去。

回忆就在不远处望着我，让我想见我的小镇枫桥。枫桥有着千年榧林，陈老莲故居，王冕故里，杨铁崖的方塘，以及充满香火的小天竺。一个小小的镇，出现那么些多年的墨香淋漓的古人和古迹，实在是一个地方的荣幸。鄞江镇也一样，隋时即有建置小溪镇。唐武德四年（621），为州治小镇。隋唐离得太远，于我而言，只是一种灰白的记忆。只是那条鄞江一直流着，鄞江的起止从它山堰至南三江口，旧称兰江，为奉化江支流之一。我不能确定这一条静水深流的江，深埋着多少的记忆。

“潭美”的影响仍在继续，窗玻璃上滑落的雨珠，让我觉得像极了转瞬即逝的年华。翻动书稿的声音，在雨阵中可以忽略不计，但是我仍然能看到文字背后所有的苍凉和繁华。这本书所展现的，是渗入鄞江肌理的点点滴滴。书里的每一篇文章都深入细致地或描写或叙述了鄞江的一个侧面，这些个不同的侧面组成了一个立体的、可见可闻的鄞江镇，风景如画，人情温暖，世相万千。而这样一个充满风情的鄞江镇，被称为“四明首镇”。

四明是什么？四明是一座连绵的山的名字，也是我正在写的一部长篇小说的故事发生地。浙东重镇、四明首镇，是鄞江镇另外的名字。我知道境内的它山堰与都江堰齐名，可我觉得只要领略它山堰的风情就已经够了。如果我们选择出发，无论是去发现堰的细枝末节，还是去小溪港寻找她的前世今生，或者，把自己淹没在鄞江庙后那热闹的人群和香火中……我们都能在每一寸目光里翻拣出鄞江镇如火如荼的静美。

比如，建造于千余年前的它山堰不畏时光冲刷，依旧勤勤恳恳地造福鄞江百姓；鄞江的两张名片——梅园石与小溪石，在静默中把日月星辰的变迁刻入纹理；它山庙会，鄞江乡间最盛大的节日，始于宋代，历千年而不衰；悠长的古道、屹立的古桥、挺拔的古树、静谧的古村，遥远的记忆中，它们似清晰可见的脉络，散落于鄞江的皮肤表层；还有那些与鄞江的生活息息相关的人们，他们用智慧和勇气，义无反顾地担起这一方发展的要义……可以说，鄞江的每一个侧面都是一块闪亮的琉璃，映照出它悠久灿烂的人文底蕴。

柯平在《它山歌诗》里，用学者的专业目光，考察了诸多有关它山堰的文献，反复考证，力求还原历史；入微的感受，细腻的笔触，卢文丽不吝笔墨地描写澄浪潭的美景，让我想起在故乡，一个叫“光棍”的深潭，想起生命最初的本真和快乐，“如果说，它山堰是鄞江的骨骼，那么，澄浪潭就是鄞江的灵魂”；寒石和边凌涵各取一种石头下笔，描述的不仅是静默不语的梅园石和小溪石的前世今生，更是深厚的石头文化背后的勤劳质朴的鄞江人；热热闹闹的庙会，是鄞江百姓日夜期盼的盛会，更是充满仪式感的集会，周华诚在文中为我们展现的，是一幅风情浓郁的庙会长卷；赵柏田述说的鄞江庙会的祭祀和巡游，不仅可信可闻，而且可感可见，令人仿佛身临其境；陆苏用一颗敏感的心和一支多情的笔，徘徊于古道，为我们展开那段水袖里的缓慢时光；黑陶述说的不仅仅是鄞江古桥的风景，更是古桥背后千年的历史和沉淀；涂国文相信，“如果说秀美的山水代表了鄞江文明轻盈的一部分，那么宗祠则无疑代表了鄞江文明最厚重的一部分”，他把鄞江的戏曲文化、宗祠历史，娓娓道来；晴江岸的栲树木，梅园村的香樟树，在李郁葱的眼里，参天的古树是鄞江人与大自然和谐相处的最好证明。钱利娜笔下的贺知章，马叙眼中的王安石，朝潮描述的王元暐，无一不是鄞江人文的杰出代表；如此等等；再如此等等。

“潭美”终将过去，记忆不曾远离。此前的晃荡岁月，我曾经用密集的文字，写过一座叫崇仁的镇，和一座叫华堂的古村。我也无数次出现在西塘，出现在乌镇，出现在具有江南品质的无数小镇。但是我看到的是复制的繁华，和不再出现的宁静。这些与素雅淡定的鄞江镇是不一样的。现在我开始在文字中检视这座叫鄞江的镇，所有作

常青《记忆望着我》

者写就的篇章，幻化成影像，在我面前像宽银幕一样次第展开。

记忆望着我，我望着一杯明净的白开水。大雨封城，记忆是穿梭于雨中的一种气象，一片光阴，一声发自心底的咏叹。

日期不详

常山杂记

十余年前我从三清山回诸暨，蜻蜓点水一般地经过了常山。那时候是明晃晃的春天，我们在黄昏歇脚打尖，在第二天清晨又迅速离开，仿佛没有来过常山。只记得那时候我记忆里有“胡柚”两字，像一棵树生长时根须在大地的疯狂延伸，深深植入我的内心。现在我只记得一个模糊的印记，路边一幅广告牌上画着一种水果。那是一种很水的果实，产于常山，名叫胡柚。

那几乎是一场遥远的梦境。

十余年后我在常山长久地停留，和我参加采风活动的朋友们出没在常山各处，闻到了常山最深处的气息。那是泥土、胡柚、山茶、石材……如此种种的常山气息。这种气息新鲜而陌生，唤醒我多年以前淡去的梦境。

在一个地方，停留三四日，于我而言已经属于长久。常山的阳光暖和，拉开房间厚重的窗帘，阳光扑进来把你抱住。那么温软，像一只手一样抚摸了你一下以后，开始抽你的骨头。它把你的骨头抽去了，你就倒在沙发上一堆阳光里，慵懒成泥。

慵懒成泥的时候，我听见春秋时期传来的破空之声。我相信那时候世事安好，那时候常山隶属越国，而越国国都恰在我的老家诸暨。我像一朵初冬的棉花，被晒软，蓬松，眼前再次浮起久远的回忆。那是十多年前常山大街上的一幅广告牌：常山胡柚。

我们去了常山的山茶基地。那是一片亲切的泥土，没有太高的山，但是能闻到植物和泥土，以及一些腐败的草叶的气息。我站在山坡上，想起我上山砍柴的少年。连山风都如此熟悉，或者说我和此山此树此山茶此空气，是投缘的。阳光明亮而朴素，依然温软地扑打着我们，同时刺激着眼睛。让人拍照的时候，我本来就一条缝似的眼睛，连缝也见不着了。

在我童年辰光，我认为那时候我最多在上小学，我和伙伴们去山上林子里采山茶籽，我记得是在20世纪80年代初，我用山茶籽去镇上的收购店换了两块多钱。那是我用汗水换来的钱，我把那钱紧紧捏在手心，那钱瞬间就被汗水打湿。夏天如此热烈，在知了猖狂的叫声中我回到家中。猫狗被暑气逼软，像一条破围巾一样扔在墙角。我那时候还尚显年轻的父亲，替我保管了山茶籽的钱。他斩钉截铁地说，交学费！

此刻想来，那遥远的往事如此深埋在我的记忆里，令我感到愉悦。而现在我在常山看到的是大片的山茶树，我们几乎是循着油香抵达葛畈村，那儿有一个陈旧的传统木榨油技艺展示馆。工人正在劳作，碾末、炒末粉、包饼、榨油，一道道工序，让我在油香中想到了旧时景象。突然觉得，如果没有现代工业文明，这样的老作坊将比比皆是。如果再想远一点，老街，老村，老屋，老旧而绿意呼啸的风景，老式火车……我真愿意回到从前。

我见到许多同行者，依次上前，用力推动那巨大的方木。这让我想到了当年冷兵器时代，攻城所用的巨大的树木。士兵们烟熏火燎，睁着血红的眼睛抬着巨木撞向城门。城门洞开，一场杀戮就此开始。而此刻像勇士一样的同行者们一个个撞着木头，茶油应声而下，滴落在一只接桶里。我知道那是植物的精华，我知道那是植物来到这世界上走一遭遇见的平常事，我知道植物也有它的人生。

这座展示馆里，给我展示的是风生水起的劳作和生活。我渐渐远离喧嚣的人群，站到了展示馆对面的一条河边。在河边我依然能听到朋友们密集的笑声，从展示馆里飘出来。我在想，如果这不是展示馆该有多好。如果它就是一个真正意义上的榨油坊该有多好。我真愿意它陈旧，再陈旧，一路陈旧。

榨油坊里的水碓，在吱扭作响地运作着。在水的作用下，所有的木制机器开始运作，那石磨在磨去稻谷的外壳，像磨去一段远去的时光。在稻谷拆骨般的疼痛中，我想念远去的农业文明，像想念一位远去的穿大褂的故人。

我愿意回到1961年的5月，那时候一定是草长莺飞。五十年前的蜜蜂，发出五十年前的嗡鸣，在新峰村没有雾霾的空气里盘旋。王乡长告诉我这个村的村史，当时新安江水电站大水库已经形成，那些生机盎然的水，在没有雾霾的空气里荡漾着。而不同姓氏的人们，要开始一场浩荡的迁徙，水将淹没他们的村庄、老屋，以及生活。他们结伴来到了朱家埂畜牧场，全村人都挤在三座低矮的火车式的泥墙瓦房里。这是一个新的村落，我能想见那时候的艰难。

1961年的黄尘，在山道上飞扬。那个时候我还没有来到人世，但是我热爱那个年代朴素的阳光。如果回到唐宋元明清，那时候的迁徙又该会是如何的一个场景？我们总是不愿意有动荡的生活，我们更愿意慵懒地在窗下窃取一些阳光。但一场又一场的迁徙，却有着迁徙过程中的别样生活，艰难、贫穷、朴素，却又扎实、真切。所有的年份和故事各不相同，所有的爱恨情仇大同小异。

在阳光下，我听到了《南泥湾》的歌声。我们的大车徐徐停下，从车窗里往外看，就能看到一群穿着火红衣裳的乡村女子，在跳一种舞蹈。这儿是一座村庄的文化礼堂，而我听到了非常热爱南泥湾的歌声，我觉得这样的歌声，同我的性格和心境比较契合。照例是丰盛的阳光，阳光下有人沏茶，有人在煎饼，他们用自己的方式招待我们这些远客。我们突然之间觉得与这座充满文化的乡村如此之近，近到豆腐煎饼或鸡蛋煎饼的清香，如此肆无忌惮地侵袭你的味觉和视觉系统，然后把你拉为自己人，感知身在此乡中，风光如此好。

那天我再次离开了人群，穿行在一条弄堂里。但是不管穿行到何处，那《南泥湾》的歌声始终在响着。歌声告诉我，许多人在开荒，三五九旅是模范，然后呢，咱们走向前，献花送模范……弄堂的一头连着一个乡村文化舞台，另一头连接着田野。我看到了各种恣意绿着的蔬菜，在田野里欣欣向荣着。有农人出没，有一个白发闪闪的奶奶推开篱笆的门，吱呀一声，我觉得村庄就活了起来。

《南泥湾》的音乐声，还在响着。但我知道南泥湾不是此处的，南泥湾在遥远的陕北。花篮里的花儿，也各有各的香法。但这儿的村庄，和我之间如此之近，近得让我想起了渐渐远了的生养我的村庄丹桂房。

我们在常山居留，连头连尾是四天。如果真的是慵懒成泥，那也是一块幸福的泥巴。

我们还兴高采烈地在王乡长的带领下，去砍了甘蔗。一位吉林来的老师从来没有见识过甘蔗这样一种作物，他发现甘蔗原来是如此生长的。风吹来，蔗叶哗哗然，像一条北方大河的水声。

在常山的日子散淡如烟，转瞬即逝。某个秋阳下的中午，我们终于上车出发，回到各自所居住的城市。上车的时候，突然记起在甘蔗林里砍甘蔗的情形，每个人的脸上都洋溢着新奇与兴奋。而我是蔗农的儿子，见惯了这种甜蜜的植物。如果把目光抛远，我看到了蔗林以外不远处的路上，一个和尚背着布袋，穿着皂袜，在山脚下的一条山道边疾行而过。山风阵阵，冬天的气息扑面而来。

不由想起弘一法师。曾经在一个深夜，我看到了他写的"悲欣交集"四个字。我久久地盯着那四个字看，突然就想哭，这不是矫情，男人也不该矫情。那四个字的形状，让我想到了长而短的人生。安静的时刻，我们都会想一想生老病死，以及我们无处不在的功利心和欲望，以及在这个世界挣扎的种种……我们都是凡人，我们都会垂垂老矣，到那时候我们还会剩下什么？一头白发，一把骨头，几处没有完成的念想。

此刻我明白，弘一法师为何要云游，他想要在云游里淡泊，安静。而这位行过常山的赶路的和尚，在暖阳与尘土里，是想要走向春天，还是要走完他的一生？

我想，其实我们每一个在红尘里打滚的人，总有一天也都会悲欣交集。

我又想，我们的远方，就是他们的近处。多么辽阔的人生……

2013/12/08 13:15

对墨绿色的一种张望

1

1983年我在上海的里弄像一阵风一样游荡着。短发而精干的外婆让我去寄一封信，告诉我在信封上贴上“龙头”投进邮筒。我认为那是邮票，但外婆固执地告诉我那小小方方的叫“龙头”。后来代售邮票的阿姨说我，这么小的孩子用那么老的叫法，应该叫邮票。我才知道“龙头”这个称谓的缘由，那是大清国时期一些地方对邮票的俗称。

1983年我已经11岁了。我热烈地爱上了看报纸，那时候的《新民晚报》一共才四个版，送报纸的女邮递员推着自行车从弄堂里走过。她把报纸像丢飞镖一样扔向每一扇大门，快捷得让人眼花缭乱。她穿着邮政制服，身材匀称，步履轻捷。这让我有了一个远大的理想，长大后要当一名邮递员。

1983年我在上海和诸暨乡下一座叫丹桂房的村庄穿插居住，像一种不知疲倦的候鸟。村子里的脚踏车铃声响起的时候，我们就知道镇上最著名的邮递员骆炎来了。他是个矮壮而憨厚的男人，因为他是有“工作”的人，所以他娶到了一个漂亮的老婆。他总是穿着干干净净的墨绿色制服，脚蹬一辆免费的邮政脚踏车，不急不缓地骑行在乡村的泥路上。

我当兵退伍回到村庄的时候，骆炎已经退休了。他骑着那辆邮政车到村里，给一些特别熟的人发了一次喜糖，原因是她的女儿不仅顶了他的职，到枫桥镇邮政营业所工作，而且还嫁人了。这正是双喜临门。双喜临门使骆炎看上去容光焕发，一点也不像一个退了休的人，看上去倒像要去景阳冈打老虎的武松。

2

1989年我当兵的地方是在江苏南通一个靠近黄海的地方，那个地方的名字叫环本。因为孤独的缘故，我不仅学会了抽烟和喝酒，还乐此不疲地给我的亲人和朋友们写信。那时候我们使用的是军邮，敲一个三角邮戳就可以让一封信插上翅膀回到故乡。有时候我也去环本镇上的邮电所寄包裹，那个穿墨绿色邮政制服的嫂子曾经帮我用线缝起了一个包裹。我一直站在旁边看，我觉得她很像是我的亲人。

3

2006年我显然无所事事，晃荡在杭州一个靠近运河的地方。我曾经得到过为一个叫“崇仁”的小镇写一本小书的机会。于是我装出风尘仆仆的样子到了崇仁。崇仁是越剧的故乡，“越剧十姐妹”中有八九个是从这个小镇走向大上海的。崇仁还是老屋的故乡，那儿的明清建筑鳞次栉比，站在弥漫着古旧气息的崇仁，我以为回到了明朝或者清朝。而我久久不忍离去的是师姑巷一号，那个地方曾经是民国年间的崇仁镇邮政代办所。这是一幢中西结合的楼房，一共三层，大概有一百平方米。据说那时候的邮件，需要脚班运送，很大一部分，是随着生意人的包裹一起带出。在通信和交通极不发达的从前岁月，一封信在路上辗转的时间里，可以发生多少的变故？

所以我特别希望回到民国，我可以在这个代办所上班。大家都知道，小镇是十分喜欢下雨的。我就撑着一把黑色的长柄雨伞，穿过小镇到这里上班。然后进屋的时候甩掉雨伞上的水珠，换上干净的布鞋，泡上一杯茶，开始代办所里的人生。这是一种多么惬意的生活，可以把炮声隔得很远。平稳，安详，与世无争，然后就不晓得是怎么回事，老得一塌糊涂了。

那次崇仁之行，我拍了邮政代办所的照片，还把我见到的代办所用小说语言写成了散文。这本书后来出版了，叫《崇仁古镇的繁华旧梦》。

4

其实在老早辰光，我看过一部像电视散文一样的电影，叫《那山那人那狗》。这电影是刘烨主演的，讲的是一个年轻的刚刚接班的邮递员的邮路生活，散淡得像一阵烟，却让我感到那么亲切。我现在越来越深入到了城市的核心，像一颗虫子钻进苹果的内部。其实虫子是适合在桑叶或树干或其他叶片上生活的，有三四缕的阳光，七八颗的雨滴，萤火虫的偶尔飞过，以及不远处传来的溪声阵阵。所以有时候虫子也会幻想着另一种生活与世界。我一直在想，我被命运挟裹，被亲人、朋友、工作挟裹，被名利挟裹，被迎来送往挟裹，就成了一个模式化的人，拎一只包，穿着不怎么考究但也不是质地很差的衣裳，推杯换盏的一套也非常懂得。

这就是我大部分的人生。

我们为什么不是邮递员的人生呢？为什么不是乡村邮递员的人生呢？

5

我们选择在一个夏天去一座叫枸杞的岛。在进入这座岛以前，我一直以为这座岛的正确写法应是“狗妻岛”，我在想怎么会有那么一个奇怪的名字。抵达这座小岛以后，我才了解到这座小得像一个袖珍王国的小岛上，有七名邮政工作人员。现在的所长，以前是用扁担挑着信件报纸四处投送的。据说他是一个劳动模范，我看到了他被紫外线晒成黑色的皮肤以后，更加深信乡邮员的辛苦。

也听说这里邮政营业所的工作人员，都是岛上的居民。岛上没有交通规则，因为没有交警，没有红绿灯。我在想，要是在岛上醉驾了，要不要受处罚的？想了很久以后，我终于确定在岛上醉驾一点点的关系都没有。我又想，在出海的丈夫们经历长久的海上生活回到岛上以后，那些邮政营业员要不要上班的？

所长一拍大腿说，肯定放假。

我觉得这就是热气腾腾地活着就好的真实的生活吧。

6

其实我很喜欢墨绿色的邮筒。它们孤独地站在街的一角，像一个永生的老人，仿佛经历了世事的沧桑。但是现在这样的邮筒是越来越少了，我是愿意在春风沉醉的夜晚，或者是某个飘雪的清晨，与它作深情对望的。我总是这样想象，那么多的信件通过这个邮筒，抵达了四面八方，这人间有多少温情久久弥漫。

我曾经拥有过一盏墨绿色的台灯，底座是大理石的。我也有过一张墨绿色的布面沙发，我觉得坐在上面特别地安静。显然这是一种对颜色的热爱，我觉得这样的颜色厚重、沉稳、旷达，更重要的是：宁静。

7

岁月之河不紧不慢地流向了远方。我打了一个哈欠，就从少年成了青年。我再打一个哈欠，就从青年成了中年。中年的时候我喜欢打瞌睡，喝小酒，以及和人吹牛皮，这大概是一种恶习。当然有时候我也很自律，在无所事事的日子里爱上了写小说。有一部小说叫作《麻雀》，发在《人民文学》上的，后来被《小说选刊》《小说月报》等多家选刊选上了。这部小说会被一家影视公司搬上屏幕。这是一个谍战的故事，发生地在上海，而其中有一个场景是这样的，陈深通过邮筒传递着情报。为什么情报不被泄漏，因为收信件的年轻邮递员是共产党地下组织的人。后来这个邮筒被炸了，因为邮递员发现了四面八方向他涌来的特务。他已经无法逃开，只能把随身带着的手雷扔进了邮筒，把所有的情报炸毁。

我固执地选择了邮筒作为此中的道具，是因为我觉得邮筒是有故事的。

邮筒，是我墨绿色的亲人。

8

扳着手指头计算，这几年我已经没有写过信了，也没有过和邮筒的长久对视。认识一些在邮政局上班的人，但是见到他们的时候他们总是穿着便装。我一直好奇地想，他们为什么不穿制服？为什么不穿呢？

更多的时间里，我把自己关在屋子里码字，踱步，喝茶，仿佛是一头红着眼睛的困兽在想突围。有一天傍晚，路灯已经开始亮起来了，我从单位出来，沿着保俶路往北山路走，看到了路边一只安静的邮筒。其时车流滚滚，红灯绿灯不停转换，人们行色匆匆。只有夕阳无限美好，披洒在墨绿色的邮筒上。我站在离邮筒一丈的地方，久久没有离去。

我知道这是与亲人的一场对视。这样的情感深植于我的骨髓，像战后两个疲惫身躯的突然偶遇，像一场百感交集的重逢。很多时候，我们完全可以选择沉默，因为沉默就是千言万语。

2014/04/25 08:39

温州夜雨

昨夜听了一夜雨声，这雨声滴到天明。

我不知道有多少人像我一样，瞪着一双眼睛望着天花板在黑暗中听雨。窗外的雨声像涌动的潮，此起彼伏，间或有风声，可以想象雨被风吹斜与吹散时的样子。

这儿是温州，有着瑶溪的地方。

十多年前曾路过温州，行色匆忙，胡乱地住了一夜，仿佛没有来过一般。

十余年后，再次来到温州，住在瑶溪王朝大酒店，参加一个诗人活动。诗人像云一样从四面八方飘来，赶集一般。我不是诗人，也不太懂诗，但是却参加了一个诗人活动。这是一件奇怪的事，我听他们朗诵诗歌，突然觉得，小说比诗歌更适合朗诵。

半夜和那些充满激情的诗人们一起吃夜宵，我十分委顿地坐在席间，听他们侃侃而谈，关于诗歌和人生，以及瑶溪的草莓很快就要熟了。中途鬼差神使地离席，终于领略一个人走夜路的美好。这儿是一个景区，向黑暗更深处迈进时我闻到了水声，顺着声音寻找，看到了一处瀑布。瀑布以下，即是深潭。哗哗的水声冲撞着巨大的石头，溅起暗白的颜色，让我想起千古隐士们经常能看到的场景。夜虫浓烈地叫着，奇怪它们为什么不睡觉。此刻微雨，从天而降的冷水落在身上，多了无数的沁凉与惬意。在微雨中坐听瀑布的声音，突然觉得心中一片清明与静寂。才想，原来那么多的年岁里，自己离尘嚣那么近，离安静那么远。

矫情地想到很多过往，想到眨眼就已人至中年……诗人们离席，酒瓶歪倒，诗情遍地，一会儿竟然集聚在夜瀑布之下。他们唱歌，他们对着瀑布撒尿，他们诗情勃发，欢快得像这水声一样。雨越来越密集了，我独自一人走上了回酒店的路，而诗人们继续找了一块大石头坐下来淋雨。他们一定是想让雨将他们淋湿，让诗将他们的诗情淋湿。

饮酒后的微醺让我脚步乱摇，晃荡着走回到客房。雨越来越大。在白亮的灯光下，对着白墙发呆，然后想自己此刻是身处异乡，洗澡，上床睡觉，却始终没有睡意。眼睛望着天花板，想起陆游曾说过，“夜阑卧听风吹雨，铁马冰河入梦来”，仿佛是很有气势的。也想起王昌龄曾说的，“寒雨连江夜入吴，平明送客楚山孤”。我在想，这雨从远古一直落到了现在，但是雨的意境是没有当初的诗情了。真是白白便宜了陆放翁和少伯兄。迷迷糊糊中沉沉睡去，觉得在雨阵中的安然和酣睡，是神仙过的日脚。

这场豪雨，落到天亮。醒来时天才蒙蒙亮，突然想会不会是自己年事渐渐高了，天亮时已经睡不着了。就感叹，这人生，这人生，你说又是不是转眼间的白驹过隙?

第二天清晨，雨停了，窗外一片清明，卵石铺的院中地面闪着淡而干净的光，美人蕉的叶片绿得令人反胃。最后，收拾行李和心情，起床，洗漱，早餐，出发。对于温州，再一次像没有来过一般。

2014/05/12

去临海

妻开车，像拉货物一样把我拉去临海。然后，扔给了小城。

在中国，大概这样的小城是不多的。有山，好像括苍的一部分就在临海境内。有水，一个叫东湖的地方（记得绍兴也有一个东湖）。有江南长城，其实也是台州府的府城墙，始建于晋，成于唐，戚继光在临海八年，九战九捷，说是有御兵和防水的功能。我更好奇的是，一户居民的窗子打开，可以看到城墙就在一尺之外。有紫阳老街，有一门三进士，有许多古迹，当然也有散淡生活。还有千佛塔，还有一些寺院……每个地方都有人文景观，都有一些古迹，但在我的记忆中，是没有临海这样如此密集的。

除了这些，还十分记得的是，从紫阳老街上拐入的一条小巷，可以看到老宅门台上的凌霄花开了。她们在这安静的小城里，开得如此地闹猛和疯癫。而院里坐着的是一位白发头老妇人，她是不是几十年前盛开的凌霄？

在临海转了许多地方，更多的时间里，是和张驰兄及临海的一众朋友们喝酒聊天。剧本放下了，长篇小说也放下了。放下的时候才知道，其实，放下了也就放下了。十年前我到过临海，写下了《临海的淡日子》。十年后再来，恍然一场长梦。才知道，有些去过的地方，还须再去，因为因缘；有些梦见的地方，只是梦见，也是因为因缘。

最好不要常去一个地方。我希望十年后再到临海，那时候我站在夕阳下的古城墙上，会想起我跌跌撞撞而又如此美好的二十年。

2013/08/19 凌晨

岛和鸟的清晨

第一次到一座叫嵊泗的小岛，和省邮政作协的人一起去那儿看一些征文稿件。

清晨五点多的时候，天光就已经大亮。我就站在窗前，看楼下的民居。这个和大陆隔离的小岛，让我有一些奇怪的想法。比如那么小的岛，是不是这儿的人买辆车，就只能不停地在岛上兜圈子。他不像洞头那样，是半岛。

岛的清晨，鸟的清晨，一模一样。这儿不是杭州，也不是我的老家诸暨。从窗口望下去，一位老人从花坛边经过。他白发苍苍，是不是在岛上生活了一生，且从来都没有离开过小岛？其实在岛上生活一生，也没有什么不好。像一朵花和一棵草，只在一个地方生长，也未必不是一种风景。

主要说的是岛和鸟的清晨。岛的清晨中，有咸和涩的气息，有一股浓重的海腥味。在本地居民的概念里，这种腥味是习以为常的，没有任何异样。岛的清晨同样热烈，我真想去大街上走走。

鸟的清晨，无非是在晨光里不停地鸣叫。我能想象它们眨眼和转头的样子，但我觉得这些鸟和大陆上的鸟是不一样的。它们特别吵，发出的声音巨大。奇怪的是我没有听到知了的声音。知了算不算鸟？从昆虫学的角度来说，肯定不算。但是我暗自在想知了会不会自己认为自己是鸟。

多么奇怪的想法，在一个岛和鸟共有的清晨。长篇小说《回家》的初稿，在这样的清晨里完成。

2013/08/09

白马湖：1920年代文人的武林

弘一法师穿着一袭淡灰的粗布僧衣出现在上虞白马湖畔，这时候已经是癸亥民国十二年的二月。在江南以南，这个季节应该仍属于阴冷的冬天。湖边春晖中学已经创建三年，晨起的读书声已经此起彼伏。学校创办人经亨颐先生陪同弘一法师站在烟波粼粼的白马湖边，仿佛两棵萧瑟的杨柳。湖面辽远，一片白晃晃鱼鳞般的波光。从弘一法师的眼里，大概能望到的是通往人生与世界尽头的一条从狭窄而至宽阔的道路。弘一在江南阴冷的天气里选择了安静地留在白马湖畔小住，安静得每天都能听到蚂蚁在湖畔碎石路上赶路的声音。这碌碌尘世的一切，在天地间的任何一个角落里乐此不疲地上演着，但是所有的喧嚣在弘一的眼里，都寂静无声如一场黑白的默片。在接下来的次年五月，再次年九月，弘一法师都瘦削如一棵檫树一般出现在白马湖畔。我们很难想象他遥望湖面时想的是什么，或者他沐着微风晒着月光听着秋虫的呢喃时，心里想的是什么。只知道他对白马湖是喜爱着的。如果他不喜爱，他为什么总是在白马湖畔站成一幅民国充满文艺气息的修行者的剪影。

和弘一同样喜爱着白马湖的，是民国的一大帮才子。江南的熏风徐徐地吹着，豆花油菜花或者别的什么紫云英啥的，在次第开放。植物灌浆的声音和气息，在黏稠而潮湿的江南风中呼啸着四处流淌。那些蜜蜂们也装作很忙碌的样子，巡行在民国年间白马湖畔的低空。然后出现在湖畔的，有穿长衫或者穿西装的各色人等，他们是丰子恺和朱自清，是夏丏尊和经亨颐……于人短暂的一生而言，临水而居，是一件多么有福气的事。他们福气地陪伴着春晖中学，让一所学校充满了无与伦比的文人气息。接着是何香凝、蔡元培、黄炎培、张闻天、胡愈之、叶圣陶、陈望道、刘大白、杨之华、俞平伯、吴觉农、蒋梦麟、于右任、吴稚晖等各路才子，纷纷像那个年代年轻而矫健的蜻蜓一样，飞临白马湖畔，传道讲学，问花吟诗，谈古论今，吃酒行令。此刻，可以让一首久远的校歌响起来，“碧梧何荫郁，绿满庭宇。羽毛犹未丰，飞向何处？乘车戴笠，求无愧于生。清歌一曲，行色匆匆……”如此丰沛和温润的歌词，让人能嗅到一些典雅的民国气息来。民国文人的气质，民国文人在战乱中的颠沛，民国文人在夕阳下穿过一片荒草的剪影，种种元素似乎都可以告诉人们：白马湖，是如火如荼的民国文人们的武林。

我们总是可以在各种资料中看到许多白马湖畔关于春晖中学的种种传闻，比如谢晋就是这所学校毕业的，也比如《围城》中的三间大学就是在这所学校取景，再比如朱自清在此写下了《春晖的一月》，还把妻儿也接到了白马湖畔，并且同好友夏丏尊当了民国十三年春天的隔壁邻居。那时候丰子恺、朱光潜等人，经常与他在平屋或小杨柳屋小聚，说是切磋文艺，或许也是即兴的谈天，讲笑话，吃南瓜子或绿豆饼，或者采一束艾草挂在乌漆的门框……比如说我们选择民国十三年的夏夜，虫子躲在草丛里发疯一样地喊着热，这些文人们齐聚丰子恺的小屋，打着麦草扇，喝酒吃豆谈古论今。许多萤火虫像一架小型飞机一样闪着灯光，悄然地从才子们的头顶或身边飞过。他们喝了多久？喝到几时辰光才肯歇手？第二天的清晨要几点钟醒来备课和上课？他们该怎么样穿过那条小道，抵达春晖中学的校园？多么辽阔而久远的想象或者回忆，让这些才子们像是武林大会一样，集中生产着供后人们日后回忆的日常细节。而这些细碎如路边落英的日脚里，北伐战争正如火如荼，战乱不绝，白马湖畔文人才子们的淡日子如同湖面一般平静。

民国十八年，弘一法师站在白马湖畔的微风中，清楚地记起他皈依佛门已经十载了。这时候经亨颐、夏丏尊等人，为他建起了晚晴山房供他闭关修经。接下来的连续四年，弘一法师都会来晚晴山房小住，直至他离开浙江去福建。除了他能演话剧，除了他的艺术成就，除了他早年不羁的公子生涯，除了他潜修佛法……让人记忆最深刻的大概是他离开这个世界之前写下的“悲欣交集”四字。这是一种多么复杂的心情。除此之外，就是他至今仍广为传唱的“长亭外，古道外，芳草碧连天……”。无论是那四个令人心绪难平的字，还是这首意蕴美丽的词，都让人能看到繁华中透出的阵阵逼人心骨的苍凉。

苍凉一定是一种美丽，如同民国年间白马湖畔那浸染了夕阳的剪影。这群文人墨客如金庸小说中的武林聚会一般，集聚在白马湖畔这座文人的江湖，这大概是另一种论剑。那个美好的却又隐约可闻枪炮之声的年岁，让白马湖畔从此沾上了文气，这样的气息，让春晖中学从此变得不一样了。

春晖因此典雅，很像一位穿青色长衫的先生。

2014年初夏，我再一次出现在白马湖畔，长松山房、小杨柳屋、晚晴山房、蓼花居、平屋……重重黑色木门依次洞开，同时盛开或者怒放的是民国文人们的一个长梦。我同我那些热爱写字并来此采风的伙伴们，愿意长久地驻留，是因为此地的空气纯明，文气长存。文人武林的传说仍然隔空传来，不绝于耳。虽然没有金铁鸣响的“嗡嗡”之音，却有一种书页翻动时的微响，突然之间让心平静。初夏的天气，总是略显闷热，湖畔垂柳深长，我的耳边却是大师们的跫音不绝。请允许我微微弯腰，向一个时代致敬，向远去的1920年代文人的武林致敬。

2014年7月6日凌晨，记录以上感怀，喝下一杯黄酒，盘算下次再度客访白马湖的日脚。

2014/07/06 02:56

眼泪毫不留情地滴在阳澄湖蟹上

尊敬的漫漫同学：

长假无所事事，给你几条意见，仅供参考：

1. 中国和别国的国情是不一样的。中国编剧很难给别的国家写剧，除非是港台的编导人员。你可以在境外学习编剧导演，但是一定要有在中国谋生的思路。如果长久居留国外，你不会是人才，你只是扛活的，因为你很难融入他们的思想体系并被他们所认同。最好的方法是，了解国外的，学习中国的。

2. 做编导这一行，我觉得有两个极端：一、不做，二、做到最好之一。不要做中间状态，因为衣食根本无忧，生活也很滋润，祖国的大好河山，都属于你的眼睛。所以，在这样的状态下，你要么不做，要么做最好之一。当然想要做最好之一，有一个过程，可能是十年，也可能是二十年。但是心中要有，梦想要有，万一实现了呢？

3. 中国的电影和电视剧都在变化中。电视剧以后不会这样雷，电影也要以新鲜取胜。学校老师能教会你的，是基础中的基础。而且几年的学习，其实可能浓缩到一个月内就能全部学完。如果你看过《亮剑》，你就会知道实战有多重要。如果你是木匠，你就是几何算得最好，也不如一个老木匠的一双老眼——只要把木头拿在手，摸一下就知道适合做桌子还是椅子。学编剧和做木匠，区别不大。

4. 现阶段，于你而言是积累的阶段。你可以不用创造，也可以适度创造，只作锻炼。怎么个积累法？拆剧。就像木匠拆掉一件家具一样，你一次次拆，知道是怎么回事。中国剧不能和美剧比，但是你生在中国，你生产不了美剧。以后可能会有美剧模式，现在中国拍的假美剧，也只适合在网上播。因为中国观众的构成年龄较散，有的观众连电脑也不会用。当然，你可以心怀理想，以后做英剧美剧的模式，但不是现在。拆哪些剧呢？我以为刘和平的剧你可以研究，他写的全是正剧。另外呢，像《人间正道是沧桑》《潜伏》《悬崖》《亮剑》等等，都属于相对优秀的剧。有些剧本，我是有的，如果需要，可以传你电子稿。

5. 说说电影。电影和电视在剧本上，是两个完全不同的概念和范畴。电影反过来，你要学习境外的了。我觉得无论是伊朗的，还是美国的，或者是别的如法国等的，你要研究，这个电影为什么是好的。比如说，《一次别离》，她为什么那么低成本，却有那么好口碑？因为她在走心。还有大片，大片只要看一个开场，就能知道这是一个大片。大片未必就是高成本和大制作，而是主创人员的“心”很大，很辽阔。你可以研究一下二战系列电影，特殊时期，就会滋养特殊的电影。有一个问题是，中国为什么没有爱情片？因为中国拍不好爱情片。中国的爱情片，特别地浮于表面，特别假。那么这个空白，要多少年才能填充？中国作家，也写不好爱情小说。我们看到的市面上流行的小说，不叫爱情小说，叫言情小说。我觉得钢琴系列电影，你可以看，也是走心的，每一部都很好。你一定看过了的，但是你没试着去拆开过。

6. 你可以看看《向延安》和《回家》，还有《麻雀》《捕风者》。你说它是小说，其实也不完全是，它就是一个大纲的架构。同时你也可尝试写小说，你一定知道张嘉佳，他的小说十分糟糕，但是他的概念非常好。他的概念是什么？就是向影视界提供一种新鲜的东西。而且他的小说，等于是一个故事的魂。如《摆渡人》，就告诉你有这么一个魂，等着你们来开发。他是属于取巧的层面的，无可厚非。你也可以做些积累，就是把你想做的项目，一点点完善，写成短的小说，或者大纲。

以上说的这些，都适合你在学习的过程中，慢慢积累。我认为你现在的状态，应是积累的状态。中国有一个成语，叫厚积薄发。经商的也是如此，往往是十年以后，突然生意做得很顺。其他行业，都是如此。当然也有异类的，异类十分个体，可遇不可求，如张爱玲……

以上这些，是我的建议。稍微显得有点儿管得太宽，不过说了也就说了，希望其中一条对你是适合的。

秋天仿佛已经来临了。又将是一年。眼泪毫不留情地滴在阳澄湖蟹上。

2014/10/05 10:35

我想我是老了

我想我是老了
财务科的两位女同事在窃窃私语
她们说“钓鱼岛”已经惊现我的头顶

我想我一定是老了
心越来越柔软
柔软得希望树叶落下
不要惊动秋天流浪的蚂蚁
柔软得特别想去女儿的校门口
等她放学，看她高挑的身影
一耸一耸地出现在我的面前
年轻得像一道闪亮的光线
这样我就想起，她小时候摇摆走路的模样
这样我就觉得，她在替我年轻着

我想不老不会是这个样子的
动不动就昏昏欲睡
喜欢回忆年轻时脸红脖子粗的样子
喜欢下午有阳光穿透我老去的骨头
这样我就可以泡一壶茶
在阳光底下选择一把长椅躺下
做一个漫长的白日梦
世界安宁，就此静止
头发在这样的时光里唰唰变白

既然老了就容易回忆从前
关于那些砍柴捕鱼的往事
以及年少时的斗殴
还有当兵扛枪，摆摊当小贩
当工人当保安当药厂里的仓库保管员
当雄赳赳的拉煤青年
以及用海狮牌脚踏车驮着我年轻的妻子
从光明路到下江东，再到我工作的化肥厂

风灌进我们年轻的身体……
多像一场低成本电影
生活是这场电影的放映员

我想我是老了
街上有人吵架
我觉得他们简直是浪费力气
并且开始喜欢看不喜欢的越剧
爱听不爱听的评弹
有时候也会选择
在余杭塘河边走走
不知道沿着堤岸一路走，会走到哪个朝代
会不会在余杭郊外的一棵树下，碰上杨乃武与小白菜

老了就老了吧
老得不敢把酒喝醉
老得不敢横穿马路
老得不愿在公众场合滔滔不绝地吹牛皮
老得在饭店吃饭，只看菜单不看年轻的女服务员

老得把所有的锐气和棱角磨得平整

像一块古代的青砖

老了就老了吧

我说小的们

你们年轻，我也年轻过

可是我老了，你们老过吗？

哈哈哈，就算是大笑三声，我也笑得比你们苍凉！

2014/12/17 07:09

你让我想起我平淡无奇的童年了

《中国新闻出版报》采访海飞老师关于童年记忆的提纲：

1. 小时候您是个淘气的孩子，还是比较乖的孩子？您的童年是在哪里度过的？最喜欢玩儿的游戏是什么？现在想来那时的童年生活是不是很快乐，无忧无虑？

我的童年是两个极端，我生活在浙江诸暨乡下一座叫丹桂房的村庄，但是有时候我会选择在上海外婆家里住一阵。我能清晰地记得我外婆家住在杨浦区龙江路75弄12号，现在这块地方早已被拆迁了。童年的我像一只南方的燕子，乐此不疲地在城市与乡村之间穿梭。农村孩子喜欢玩的游戏，比如拍香烟牌、滚铁环、抓特务、开火柴枪、用弹弓打碎别人家的玻璃，以及在烂田里打泥巴仗，我都十分热衷。我简直把这些事当成了我的事业，刀枪棍棒样样俱全，仿佛武术世家的样子。我从上海带回来玩具枪、玩具汽车，以及各种高档的香烟壳子，这些乡村里的稀罕之物，都足以荣耀我整个的童年。我在村庄里受到小伙伴们的尊敬，我十分清楚只有对我尊敬，他们才有机会玩我从上海带来的玩具。一度我成为孩子之王，经常吆三喝四地带着小伙伴们像一阵风一样穿过村庄。

我十分清晰地记得，20世纪80年代我漫长的童年里，被我上海的舅舅和姨夫拍下了无数张黑白照片。可惜这些照片都因为没有妥妥保管而不见了，这是一件令我无比后悔和痛心的事。我一岁不到的时候拍过全裸照，就坐在木头做的童车里。这张珍贵的照片，在1986年被我不小心丢失。此外还有我穿着格子西装、戴鸭舌帽的照片，这样的照片在70年代的乡村少年中很难拍到。村里人叫我小K，大概是小少爷的意思。整个的童年，我觉得无拘无束，天蓝云淡，但是这快乐之中又饱含着太多的孤独。我认为我的童年是孤独的，因为我用大把的时间发呆。我甚至趴在地上为蚂蚁们设计，让哪头蚂蚁当爹，哪头蚂蚁当娘……

2. 您还记得小时候印象最深的或者最喜欢读的书叫什么名字吗？是写的什么内容？为什么会给您留下深刻的印象？

那是一本缺了好多页的《水浒传》。因为识字不多，我把它念成“水许传”。那是属于我叔叔的书。叔叔有两样东西令我眼热，一是这本书，二是一把有皮套的木头手枪。那时候我觉得我叔叔太富有了，比土豪还富有。

这本书给我留下深刻印象，是因为这是一本故事极精彩的书。其实那时候我看书，未必能全看得懂。现在回想起来，除却这部小说的诸多好处不谈，光是人物形象的塑造上，几乎无人能敌。所以这小说被一次次改编成影视剧，其中小说中的人物性格等诸多元素，一直是被沿用的。比如鲁智深，比如武松，比如林冲，比如宋江等等，他们栩栩如生地出没在我的童年里……

3. 小时候有喜欢看的小人书吗？都有哪类书？还记得名字和内容吗？是不是上小学的时候开始有动画片啦？印象最深的动画片是什么？有哪些？和现在的动画片比较，您有什么感受？

我曾经从上海搬回丹桂房村许多的小人书。我的小姨在上海的一家环卫所食堂工作，每天我除了用热水瓶去她的单位里打回来冷饮以外，我搬回了好多每五本用线串起来成一厚本的小人书。现在回想，大都是“文革”时期的图书，这些图书现在看来是十分珍贵的。这些小人书我装了一纸箱从上海搬回我的村庄丹桂房，我迅速成为小伙伴们眼里的富翁。

我记得我最想买的一本小人书，是彩色印刷的，叫《哪吒闹海》，定价是一毛八分钱。那时候我手头所有的积蓄只有九分钱，于是我偷偷卖掉了父亲的一支钢笔，那时候的钢笔大概是七八毛钱一支。因为我还缺九分钱，所以我把这支钢笔只卖了九分钱。另有一次是我从父亲手里拿到了二毛钱的压岁钱，买了一本图书叫《抓舌头》，定价一毛一分钱。压岁钱瞬间就只剩下九分钱了，这让我的心头涌起了无尽的悲凉。我自己也不知道那时候为什么要如此热爱图书，我甚至略微地有了绘画的爱好，印象最深的是对着一本叫《骄傲的将军》的书临了好多的画。

小时候看过的动画片，印象最深的也是《哪吒闹海》，我的表哥请我看的电影，票价是一毛四分钱。散场后表哥还请我吃了一碗阳春面，那是一种属于江南的面条。面条和动画片让我童年的那一天变得生动和快乐起来，到现在为止，我仍在觉得这部片子是比较精致的。但是和现在的动画片比起来，那时候的动画片更加正规，从想象力上当然是没法比。因为在中国人的传统观念里，不可能把龙王的父亲想象成一只鸭子。即便是现在，也不太会这样去设计。比如灰太狼，爱的一定是红太狼，而不会是一只考拉。这些当然是其次，中国动画片也在发展，说不定葫芦娃也不仅仅只讲正义和勇敢，也不仅仅是大战蛇精……

4. 您还记得小时候最爱看的电影吗？是在电影院看的，还是看的露天电影？那是怎样的场景？有没有有趣的事情？

那时候我经常和小伙伴们，打着手电，或者是举着火把，赶往各个村落看露天电影。一直到散场，我还不愿离去，会一个人孤零零地站在晒场上，期待着再放映一场。我想我是热爱着电影的，我甚至有过冲动写关于露天电影的一个剧本，有时候还虚构着这样的情节。我总是觉得，露天电影场上，是农村青年们密集地发生爱情的地方，也是放映员最一本正经或者是趾高气扬的地方。黑压压的人群，此起彼伏的嘈杂的声音，追逐奔跑的少年……

我特别喜欢电影放到一半的时候突然下雨。带伞的人撑起了伞，没带伞的人，有的开始逃跑，有的冒着雨看。我以为这样的场景，匆忙、慌乱，但却安静，显出十分的世相，这是我所深深喜欢的。我静静地坐在长条凳上，进入电影故事的本身，觉得周遭只剩下我一个人存在。

记忆深刻的电影是《少林寺》。觉远和尚剃度时，住持问他：尽形寿不淫欲，汝今能持否？觉远看了牧羊女一眼，坚定地说：能持。牧羊女的心都碎了，后来仿佛这个叫丁岚的演员没有再演过电影。我猜测，牧羊女并不想淫欲，牧羊女只不过是想嫁给他，并且生一个小牧羊女而已。

我为这段夭亡的爱情难过了整整一个夏天。

5. 小时候还有什么让您记忆犹新的事情或小故事，也可以说说。您想什么就说什么，这一次我们主要是回忆，不一定非要高大上的，重要的是可以反映20世纪70年代的童年生活。

那么就让我来开始回忆吧。我曾经身手敏捷地翻墙进入祠堂改建的学堂，在废弃的仓库里偷过一支破旧的军号。为此我写的长篇小说《回家》中，叙述人的身份是小号兵蝈蝈。我还曾经在枫桥大庙改建的镇文化站图书馆里偷过小人书。我十分热切地拥着小人书，生怕这书会长上翅膀飞走。我对这抢偷而来的爱，十分热烈与执着，守着小人书就像守着一份爱情。在我的童年里，下河捕鱼捉蟹，去田畈里偷地瓜捉黄鳝，是司空见惯的事。我会潜入水底摸螺蛳，有一次我潜水时手伸进一条石缝，差一点没能拔出来淹死。后来我的手被扯脱了好大一块皮，才得以脱身。我曾经花了两毛钱买来一支火柴枪，叭叭叭地对着任何我想要"就地正法"的伙伴开枪。那个年代孩子们的童年，缺少父母的管教，完全是野生的放养。我们可以整个下午都把自己泡在村庄外的溪水里，父母也从来没有担心会不会溺水出事。我们上学，从来没有家长的接送，能在下雨天送来一把雨伞已经十分不错了。有一阵子我还迷上了武术，用每本四毛二分的价格订阅了一种叫作《武林》的杂志。为此还我学会了一套长拳，当然现在早已忘到了九霄云外。我们捡牙膏壳、碎玻璃，偷人家屋檐下挂着的乌龟壳，这些都是可以用来卖钱的。

我的另一半童年在上海度过。每年夏天都会选择乘棚车去上海。棚车是什么？棚车是一种火车，但是却是闷罐子运牲畜的，因为客运车辆不够而被调运当成客车。诸暨到上海短短的路程，现在高铁只要一个小时左右，那时候却需要长达九个小时的行车时间。我就是在那个时候爱上棚车的，后来我还爱上了绿皮火车。我特别喜欢听那种咣当咣当的声音，觉得那是钢铁发出的叫声。现在坐高铁，让人没了乘坐火车的感觉，一点也不古典，更像是在坐飞机。

在上海，那是我的另一种童年生活，雪糕，在沪东工人文化宫看电影，舅舅给买的旅游鞋，以及偶然去西郊公园游玩。当然，还有吃西瓜，看当时只有四个版的《新民晚报》，去黄浦江的码头坐摆渡船……

多么珍贵的童年，那么近，却又那么的远。

《中国新闻出版报》产业部深度报道组记者 邹韧

2014/05/31

那么让我们来谈谈小说吧

小说是一种复杂而又简单的艺术。既然春风已开始晃荡，那么让我们来奢侈地谈谈小说吧。我特别感兴趣的是徐江老师关于“故事”的话题，他认为：“当然不再是‘讲故事’了（虽然‘小说就是要讲故事’这种观点三十年来甚嚣尘上），评书、曲艺、戏曲、电影、电视剧乃至纪录片都可以讲故事；当然也不仅仅是回忆一次爱情，再现一场战役或一个人、一代人的一生。”

我一直以为，小说的艺术层面，是故事所远远不能企及的，和她相对接近的应该是电影。尽管许多人认为这两种艺术样式也许是不能相提并论的，但我在不少小说里看到了电影，在不少电影里看到了小说。而我们现在的问题恰恰是，小说的叙述语言不过关，作者轻视故事又讲不好故事，把自己放在一个自以为高雅和艺术的层面上，造成故步自封的状态。我看过许多令我大吃一惊的电影剧本，其实我觉得这些剧本完全可以在小说杂志上发表，其文学水准超过了一般的小说作品。

这是一个浮躁的年代，所谓的安静是相对的。甚至有许多作者在抱怨着文学没有给他带来什么，但是，文学凭什么一定要带给你什么呢？文学带给你创作上的愉悦就已经足够了。对于小说，我显然不是一个专业人士，有时候笔力苍白。我们都是玩票的人，我甚至有时候希望当纪录片导演，用镜头去创作小说。但这并不妨碍我一如既往的对小说的热爱，我甚至用我拙劣的笔在漫长的2014年冬天写下了《秋风渡》和《长亭镇》初稿，这样做的目的是自欺式地告诉自己，我还可以以小说家的身份偶尔谈谈小说。

一位做新闻的多年至交，我们称他为邵朋友吧。他曾经是一名小说高手，至少他唯一的一篇小说让我大吃一惊，但他只写了一篇小说。他告诉我一个新闻故事，比我们小说家想象或者创造的小说更小说。如果我们按着新闻去写，一定会有人说小说家创造力、想象力低下，只能求助于新闻。那么问题来了，为什么生活比小说更小说？那个新闻是：一名孝子无钱给母亲治病，果断地决定偷鸡。他先侦察养鸡场，发现鸡场晚上是无人看管的。于是他雇了一辆车，雄心勃勃地去偷。车主说你要是偷鸡的话，我跟你没完。孝子说睁大你的狗眼瞧瞧，我像是偷的人吗？那是我表舅的鸡场，舅舅在深圳出差，让我帮他卖鸡。夜半来临，车辆悄无声息地出发，孝子让车主不许打开车灯。孝子绑了一只羊，我们假定这只羊的名字叫海羊羊。孝子还偷了五十只鸡，但是那海羊羊不知什么时候挣脱绳子临危不惧地逃跑了，如果这只逃亡的海羊羊是一个人，一定会去报案的。这个孝子口袋里没有钱，那么问题来了，他拿什么付车钱？最后孝子对车主说，我没钱，要不你和我一起卖鸡，于是车主就和他一起开着车叫卖鸡了……后来，孝子被抓了。那么问题又来了，孝子被抓后谁来照顾还在病床上的老母亲呢？最后，孝子免于刑事处罚，而是向鸡场老板赔偿五千多元。我觉得，这一个夜晚，是惊心动魄的谍战之夜，孝子像孤胆英雄一样如此精彩地在这个世界上活着，而且把这样的生活过得比较惊险好玩。有人说，做人不就要快乐好玩吗？孝子就是这样的人。那么，我一直在想的是，如果那只逃亡的海羊羊是叙述者，它一定会说，在一个清晨，我看到孝子从派出所里出来了，他的头发有点儿蓬乱，眼睛里布满血丝，身上还残留着鸡的气息。他抬头望了望天，坚定地向枫桥镇人民医院走去，今天中午，他的母亲要做第七次透析。他用他白花花的眼神看了我一眼，仿佛不认识似的。春天已经来临了，我想我必须要寻找一块嫩得让人吃惊的草地……

那么令海羊羊气愤的是，生活怎么就比小说还小说呢？还是小说家没有创造出比这些生活更精彩的小说？

那么，小二，上茶吧。我们一边上茶，一边来看《小说的长度与生存理由》，看看徐江怎么样说他眼里的小说。

2015/03/10 01:09

从路遥到陈忠实

1980年代在我的记忆中渐渐清晰，让我看到一个裤脚管因为裤子太短而高高吊起的少年。那时候海某的喉结开始变得粗大，嘴里吐着舌头像一条狗一样，像是随时都会咬人。但是文学像仙女一样从天而降。我的文学启蒙是一只装在屋檐下的有线广播，广播外壳罩着都锦生丝绸厂印织的毛泽东头像。那时候诸暨人民广播站会播出一档叫《暨阳文学》的节目，播音员是字正腔圆的邹明。我一次次老僧入定一般听那个节目，摆出一个自以为潇洒的姿势站在屋檐下的廊柱边上。那时候我还听广播剧《人生》，从头至尾听完了高加林和巧珍的故事。所有的这一切，都和我的写作没有半毛钱关系，少年的我只是喜欢听故事而已。其时我穿着直筒裤和花衬衫，留着长头发，像极了电视剧《霍元甲》中那个不学无术却憨厚善良的陆大安。后来我装模作样开始阅读小说，开始买书，并沉浸在别人的情节中不能自拔。丹桂房的天空，时而明丽时而阴沉，有时候还会刮起大风，吹落一片片树叶。我生活在如此静美的村庄，却一点也不自知。现在回想起来，丹桂房的上空布满的无疑不是雾霾而是文学。

1980年代末我大摇大摆地离开村庄，胸佩大红花在敲锣打鼓中开始我的从军之旅。我想我的人生大概是从那个时候正式开始的。在之前和之后的那么些年里，我看《故事会》《山海经》，也看《当代》《十月》，还看梁羽生和金庸。我甚至喜欢上了武侠的年代，沉湎其中不能自拔，下田割稻插秧哪有侠客走天下时的那种惬意啊。可是我除了缺一匹马一柄剑以外，还缺路上的盘缠。最终，我断定我不能成为侠客，所以我成了一名不成气候的小说家和剧作家。

还是说说路遥吧。读到了路遥胞弟王天乐所写的《平凡的世界诞生记》，知道了路遥写作时，不是艰辛而是疯狂。那样的疯狂在江南而言，大概是暴雨压村时的那种状态吧。台风就要来临，我们背着锄头赶着牛羊不急不缓地从田畈地头往村里走的那种状态吧。在另一篇小文里，我还知道路遥为自己取绰号王喂狗（其大名为王卫国），据海半仙掐指算来，神经病一样调侃自己的人，多有大成。于是又想到了陈忠实，在写《白鹿原》时，卷起铺盖闭关，带上干粮，自己生煤炉做吃的，异常艰辛和封闭。这大概相当于武林人士的闭关，据说闭关无外乎能让自己功力精进。

人生苦短。说得直白一些就是，人是要死掉的。像路遥那样把生命消耗掉，去取得一个成就，于创作者的家人而言未必是一件好事。路遥说白了其实是累死的，他特别要强、特别想出人头地，其实还想当官。超强的功利心驱使着他勤勉向前。几千年来，官本位的思想一直是中国人的人生信条。但是我又十分佩服路遥，如此孤注一掷，像是搏浪的海燕。作为作家，他是好作家，他写的作品，是好作品。但他作为家人，不是好的家人。家人有时候，是会让你虚度光阴的。

但是话又要反过来说，又有多少作家，像路遥那样认真地对待写作？海半仙掐指算来，路遥做的功课非常细致，他不仅画人物结构图，画地图，而且做大纲，查资料，胸中有千山万水，并且随时打仗。更有才的是，在三十年前他就培养了自己的助手，让亲兄弟给他打下手。

导演徐克也是如此，每拍一部电影，他会画出详细的分镜手稿。现在许多新导演，都不这样做了。我曾经无数次地推崇《潜伏》的剧本，除却谍战本就吸引人以外，除却龙一老师的小说固然是一个好小说以外，编剧兼导演姜伟老师一定是做了很大量的功课，才能够还原一个真实民国。我甚至以为，《潜伏》的剧本改成小说，可以获茅奖。当然，评委投不投票，我不知道。阿来老师在鲁奖评选中都能得零票，我怎么敢保证姜伟老师得高票呢？

路遥创作《平凡的世界》的点滴，读来令人唏嘘。从路遥到陈忠实，我们必须致以敬意。茅奖评了多年，但我们能记住的作品不多，无外乎《平凡的世界》《白鹿原》《尘埃落定》《无字》《穆斯林的葬礼》等。但是除了我们该致以敬意以外，路遥的一生还教会我们如何取舍。更重要的一点是，他教会我们怎样对待任何一件事，你想要有口碑，必须做到三个字：极认真。

2015/03/12 23:15

裁缝是一棵朴素的青菜

一个小镇上的裁缝，我们可以叫她余一朵，她几乎是多余的一朵花。瘦而且朴素，我觉得她更像是一棵清瘦的青菜。我多年前的小说《蝴蝶》发表在《花城》杂志，里面就有一个孤独的女裁缝。那小说充满了情色的味道，而且具备了典型的小镇特色。我一直对裁缝这个行当充满着好奇，在我少年的时候，穿过镇上长长的老街，总是可以看到裁缝铺子里充满了日光灯白亮的光线。然后咣当咣当的缝纫机就响了起来，女裁缝埋着头踩洋车。是的，我们那儿的人，叫缝纫机为洋车。其实我特别喜欢洋车这个词，有一种特别的意思。

这些天乐此不疲地和许多人就裁缝的事体津津乐道，想把那部小说改成电影。于是和不同的人谈，希望会是一个十分文艺的电影。其实文艺不过是一场美梦，不做一次不甘心。我记得有好多人都做过这样的梦的，到后来却是眼高手低，拍出来的未必就行。人生那么短，不试一下总是觉得对不起自己。有时候，我觉得自己很年轻，有时候觉得自己又很苍老，这是一种多么矛盾的心态。我想，如果我喜欢这样一个电影，那么我为何不放下别的事，来认真地拍一个呢？

拍一个裁缝，像青菜一样朴素。她瘦削，骨感，有无穷无尽的心理活动。她在咣当咣当踩着洋车的时候，心里装着的是什么？她用软而绵长的皮尺量人身体，却不能量到人的内心；她用剪刀像河面上的一条船劈开波浪一样，裁开了布料；她和那些顾客们细声细气地交谈；她看到一个邮递员递上来火辣辣的目光……小镇因此而变得婀娜多姿起来。

这是一棵多么素淡而让人心生疼痛的青菜。

2015/03/14 23:36

风继续吹：共同度过是一件不容易的事

1983年，我从丹桂房小学毕业升入枫桥镇中学，张国荣出版《风继续吹》音乐专辑。此后张国荣的声音和身影，频频出现在我青涩得一塌糊涂的时光里。1986年，我顶着一头乱发在丹桂房村青年民兵之家听到《Monica》，而其实这张唱片录制于两年前。我当然不是民兵，也不是小兵张嘎，所以一个身上斜背着四节长电筒的看门人六亲不认地把我挡在民兵之家门口。那时候民兵们在进行了一天的种田或者砍树、插秧的忙碌以后，十分需要跳迪斯科活动一下筋骨。他们对着一只小小的单卡录音机，展开了疯狂、热情但却胡乱的迪斯科流程，播出的曲日就是《Monica》。最后我只被允许趴在窗台上，看那时候的兄长姐姐们在狭小的屋子里把屁股扭得像一股旋风一样。多年以后，我在电影《青红》里看到了我少年时看到过的场景，这样的场景让我沉默许久。1988年张国荣出演《胭脂扣》中的十二少，我则排在一群年轻人的身后报考杭州南星桥铁路货运站的工人，虽然我力气很大，但是结果我仍名落孙山。第二年春天我参加体检，去了南通武警支队服役。而也就是这个任性的1989年，张国荣的演艺事业像发疯一样地走向了如日中天的那种红，比红还红。

1992年春天，我“两袖清风”地从部队退伍回到了小城诸暨，我把双手插在军裤肥大的裤兜里，阴沉着一双细若发丝的眼睛，无数次摇晃着徘徊在小城的街头。一边我在诸暨化肥厂乐此不疲地生产着一种叫碳酸氢铵的白色物品，一边我终于和张国荣的声音和身影正面遭遇。一位叫陈炯的音乐发烧友是我的同学，我在他的家里免费听了无数次CD。为了配置这一套音响，他勒紧裤带花去了一万块钱，那时候的一万块钱对我来说是一个天文数字，因为我的工资是一个月250元。我摇头晃脑地在南门头陈炯六楼的家里听张国荣，并且随着音乐的节拍模仿“刚当发”唱“风继续吹呀么继续吹”。1993年来临就等于是霸王和姬的同时来临，那场电影让我久久地坐在人民电影院里喘不过气来。电影院散场时白亮的灯光亮了起来，我走过了程蝶衣心中的千山万水，才知道人生“哎呀”一声过后就是无比苍凉；才知道无论是电影中还是真实的人生中，共同度过其实是一件多么难的事。

于是《阿飞正传》，于是《春光乍泄》，于是《东邪西毒》，于是《倩女幽魂》……于是一个优秀的化肥厂工人在电影里认识了张国荣。同时鳞次栉比的张国荣的声音，在属于我的静夜里响起，响得特别多的是《共同度过》。用现在年轻人的说法是，那么低沉磁性的声音和那么舒缓却又激越的音乐声撞在一起，也是醉了。

多年以后，我会想到一个眼神干净得像五泄的清水一般安静的男子，在满是灰尘的世界里从容而缓慢地走过了四十七个春秋。他像一只黑色的大鸟，凌空飞翔在四月一号的夜晚。他选择将自己纤长清瘦的身影留存在人们的记忆中，没有人知道他飞翔的一刻在想着什么。有时候这个世界失去一位好演员和好歌手，并不是可以以地球照转来安慰自己的。这事情其实十分严重，严重到我和我的同龄人们失落地看不到“真心的欢喜”。

我想此刻的每一分每一秒，我都正在缓慢而从容地老去，老到越来越不愿意追星，更不愿意去关注星的八卦。此刻我愿意做的是在龙游县的一家叫作清水湾的酒店里，一边听《风继续吹》一边专心地喝茶并且回忆往事。1993年程蝶衣的忧伤像一种传染病，让很多人都整整难过了一年。我承认在所谓的人间，共同度过是一件多么不容易的事，无论生命，爱情，还是其他任何种种，在分分秒秒间上演着分分合合。一如初中时候老师说过的，空气流动形成风，而各自的人生终将继续，那么就让风继续吹。

2015/03/29 23:07

春风十里乱读书

我总是希望你每次见到我时，我的手中都刚好握着一本书。

我当然知道一幅叫作《荷兰屋图书馆的绅士》的著名照片。天气已经开始变得寒冷，三名英国绅士在伦敦荷兰屋图书馆的废墟里安静地读书。一天以前，1940年的伦敦刚刚下过一场秋天的雨，德国空军得意扬扬地在伦敦西部发动了骚扰性的空袭。我的神经被这张照片中三个读书的绅士惊动，他们告诉我，这是一场连空气和灰尘都显得无比安静的阅读。

多年以前，这幅照片像钉子一样钉在我的脑海里，怎么拔也拔不掉。

这么些年来，我的枕头边上堆满了各种书。有时候即便我不看书，但是在书堆中睡去，也会觉得无比安稳和妥帖。我知道我的年纪已经不轻，但是看书让我可以心里更踏实，觉得所有的日子变得瓷实起来。人生最好不要对不起自己，看书也是对得起自己的一种。

我的舅舅是一名上海自行车三厂的热处理工人，感谢他年轻的时候爱看书。我更知道其实他爱看书并不是因为文学理想，他看书中故事。我把他手头的《十月》和《收获》等文学期刊收集起来，在1980年代那个没有雾霾的年岁里，如获至宝地从上海搬到诸暨乡下。我在我们家并不宽阔的屋檐底下开始读书，这让年少的我变得和村里的小伙伴不一样。他们叼着香烟扮成大人的样子，远远地看着我假装玉树临风的身影说：毒头。

1998年我在诸暨化肥厂造气车间当卸炉工，因为快到而立之年而变得故作深沉起来。那时候余华的《活着》出版，热销得一塌糊涂，余华在小说界的地位也如日中天。我在卸煤渣的间隙里躲到车间角落，读完了这部不长的小说。这在工友眼中是一个奇怪的场景，一个满面灰尘的年轻人手捧一本新书，那时候天空高远，造气车间上空荡漾着化肥的气息。我觉得我多么像是福贵一样，死皮赖脸地活在人间。

那时候福克纳、马尔克斯等文学巨匠在中国小说家的嘴里四处流传，他们集体沉湎在经典小说带来的无与伦比的阅读享受中。而我捧着这本薄薄的浙江小说家的小说，倍感亲切又倍感难过，一头扎进小说里密集的江南意象和悲苦人生中不能自拔。有时候我就把自己关在屋子里，我想除了难过以外，更重要的是小说里还有一些别的东西打动了我，比如生命之渺小，比如那种不可再生的苍凉，比如命运的不确定性，这些元素像招摇的水草一样在我的视线里晃来晃去。当我看到《活着》的开头："我比现在年轻十岁的时候，获得了一个游手好闲的职业，去乡间收集民间歌谣。那一年的整个夏天，我如同一只乱飞的麻雀，游荡在知了和阳光充斥的村舍田野……"我被这个开头深深吸引，心中生出恐惧，果然此后延绵而来的疼痛和陈旧的气息始终围绕着我。

《活着》像白晃晃的一场梦境。

我想我不是一个做学问的人，所以我不会系统地去读书。我读过川端康成，海明威，也读过卡佛，卡夫卡，还读过……我读得比较胡乱和匆忙，蜻蜓点水一样的。但是我现在很少读小说了。我读的都是一些和文学的关系相对较弱的书，比如《零年：1945》，比如《银元时代生活史》，比如《上海1937：法新社记者眼中的淞沪会战》。在游手好闲的日子里，我读着这些往事，无意中窥见了“默片”一样的美好年代。这是一种奇怪的充满享受的感觉，我觉得我活在了一个更辽阔的空间或者年代里。

这个春天，我把自己关在书房里，书房外的露台上种的不是花草而是各种蔬菜瓜果，没来得及翻土的地方，是一丛丛野草。这些胡乱生长的植物，让我觉得更接近生活的本相。我像一个老学究一样摇头晃脑，即兴吃酒胡乱读书，将书合上的时候，总会让我骨头发轻，在心里发出一声老黄牛般的哞叫。所谓春风十里乱读书，在余下来的岁月里，继续胡乱读书，殷勤写文。

唉，我总是希望你每次见到我时，我的手中都刚好握着一本书。

2015/04/16 16:03

我遥远的丹桂房

威风凛凛的丹桂房村坐落在枫桥镇南边三华里的地方。路边有一座黑不溜秋的松林庵，就在镇与村之间的中间地带。我从没有听到过钟声或木鱼的声音从庵堂里传出来，也没有见过庵堂里有尼姑出没，仿佛这只是一座空宅。后来松林庵改造成了茶叶加工厂，从此庵堂里装满了茶叶的清香。但我仍然觉得，松林庵三个字属于唐诗或者宋词，反正她毫不含糊地充满了江南的意象。当然丹桂房也足够江南，丹桂房的雨天来临时，人们穿起蓑衣，村外的溪水涨上来了，鸭子在岸边集结，桃花在岸边淋雨。天地苍茫，如果说不是威风凛凛的江南，这又是什么呢？

丹桂房有三个自然村，离枫桥镇最近的是瓦窑头，中间是丹桂房，再往南就是邓村山下。这三个自然村几乎成为一条直线，组成了一座大村庄。这座村庄曾经被某个火红而且特定的年代命名为永胜大队，有时候，也被叫作彩仙村或者彩仙大队。尽管名字那么缤纷，但是这个村庄里的人，差不多都只会自称是丹桂房人，比如我，比如建德，比如天平……比如，威风凛凛的“村长”校泰长佬。

假定我们能回到1655年的春天，你或许会在一条蜿蜒的泥路上，碰到一个叫陈丹葵的年轻人。年轻人撑着一把油纸伞，遮挡着那个年代的紫外线。年轻人是从枫桥镇上的陈家长道地过来的，他站在没有雾霾的一片空地上，懵然地张望着。此时陈丹葵最著名的叔辈——画家陈老莲已在绍兴病亡，清军挟带着刀光剑气轰然入境。这个平静的小镇四周，仿佛暗流涌动，这让陈丹葵不由得倒吸了一口凉气。陈丹葵被邓村山下的益三太公聘为骆家私塾的教书先生，那天天气是多云到阴。陈丹葵站在骆益三家的院门口，先研究了一下房屋结构，然后中气十足地大叫一声，陈丹葵在此。

院门只开了一条缝，骆益三眯着眼睛看了陈丹葵很久。他突然笑了说：陈丹葵把你的简历给我。

陈丹葵就用胳膊夹住了那把心爱的油纸伞，口齿清晰地说：在下姓陈名衷丹，字丹葵。我来你家应聘教书先生。请开院门。

1655年春天的院门吱呀一声就此打开。后面的故事十分俗套，那就是骆益三骆先生的女儿，死心塌地地爱上了有文化的教书先生陈丹葵。陈丹葵在离骆益三家不远的地方开始定居，他根本没有去有关部门批地基，也没有申请土地证和房产证，就自作主张地搭起了三间草房。陈丹葵还学会了酿酒和种田，农闲时分他会继续教人识文断字。一不小心，陈丹葵生了六个儿子，六个儿子又生了十八个儿子，十八个儿子又生了三十五个儿子，陈丹葵当仁不让地当起了太公。这些英武过人的传奇，都白纸黑字地记载在家谱中。最后，私塾先生陈丹葵的子孙，组成了一个小小的村落，村里人理所当然全部姓陈，村庄顺理成章被叫成丹葵房。又因为丹桂与丹葵音调相近，村庄被人叫成丹桂房一直至今。

假定我们能回到1655年的春天，我将匍匐在地，在年轻的丹葵太公面前磕一个响头说，玄了不知道几代的玄玄孙海飞磕头。

假定要还原一下我家在民国年间的状态，那么是这个样子的：我的爷爷陈梅品，我的奶奶骆杏林，他们是普通得一塌糊涂的村民，但是却有着还算雅致的名字。我爷爷一共三兄弟，他是做小本生意的，经常贩点水果卖个玉米。有时候有赌客到我家聚赌，陈梅品先生就炒年糕给他们吃，烫酒给他们吃，泡茶给他们吃，还要免费讲笑话给他们听。然后，在赌客们赌到天亮见输赢的时候，可以从赢钱的客人那儿收取佣金。那时候我们家坐拥三间草房，坐北朝南，甚是气派。我爷爷一点也不稀罕地主陈阿大家的台门大瓦房，因为草房的冬暖夏凉，是有科学依据的。更为雅致的是我们家屋后，有一片清风涤荡着的竹园。竹的身材是很好的，修长，精神。现在好多美女，都喜欢减肥，梦想把自己减成的，其实就是我家后院竹竿的模样。

我奶奶骆杏林曾经语重心长地告诉过我，那时候村里有很大的樟树和乌桕，夜里猫头鹰的叫声此起彼伏，房前屋后到处都是篱笆，石井在汩汩冒着泉水，沟渠里水波潋滟，堤岸边桃李芬芳，月季闹猛地也来争奇斗艳，油菜也发疯似的开花，村里村外，树围着村，村包着树。关键是，蔬菜无公害，春风十里，绝对没有霾。

假定我能去一趟民国的年代，我想学一学裁缝或者弹花匠。或者当一回摇头晃脑的乡村诗人，不仅要吟“白毛浮绿水”，还要把能用“红掌拨清波”的鹅煮熟了下酒。这是一种多么惬意的村夫生活。我可能还会和枫桥镇上当年名头响亮的著名诗人何植三成为朋友，我们是完全可以下象棋的，当然也是可以朗诵一下他的诗歌的。

假定我们能回到1977年的9月1号，那我就是光荣的小学生。我背起舅舅用过的旧书包，阳光照耀着我的破衣裳，啷里格啷、啷里格啷，我日理万机地读书忙。

丹桂房小学是由祠堂改建的，那儿是陈姓子孙们办红白事的地方。我幼年的记忆里，仍记得有几口棺材疲惫地靠着厢房的墙壁睡大觉。我对这种有着猩红漆色的木头箱子心生恐惧，总觉得那里面装着的是一个巨大的秘密。有时候我会好奇地想，棺材里会不会装着金币，或者装着大米，更或者躺着一个昏迷的“林中睡美人”，甚至也有可能盘踞着一条身材修长的蛇。“当当”的钟声，响彻了校园，麻雀在瓦屋顶上跳跃，或者飞翔……我们在钟声中成了光荣的少先队员，红领巾在胸前飘荡。

王梁《丹桂房祠堂》

我记得那发出亮堂的声音的钟，是一截用尼龙绳子吊在屋檐下的钢轨代替的。钢轨的身上本来是跑火车的，现在成了一种信号工具。这是钢轨作为钢轨本身，静卧在枕木上的时候所没有想到的。陈校长穿着中山装，沉着冷静地一次次地敲着钟。在批改作业的时候，他一定会想起当年的祖宗，一个叫陈丹葵的同样是教书先生的年轻男人。

钢轨望着陈校长宽阔的背影，心里说：真是的，一天到晚在我身上敲来敲去，算什么本事。

假定我们能回到1989年4月9号，我年轻得像一根灌满了水的甘蔗。我去当兵了，胸前佩着一朵用红纸折成的大红花。我家的门框上面后来挂了一块木牌，上面写了“参军光荣”四个字。那天清晨我穿着没有领章的军装，努力地想学习电影里解放军经过村庄时雄赳赳的模样。比如赵永生同志的模样。然后有一个叫小花的姑娘，深情地望着队伍，唱着《妹妹找哥泪花流》。但是我怎么着也没能找到那种感觉，我走路晃荡得像个背着草药筐巡行在江南大地的游方郎中。

现在想来，春天我走出村庄的那条土埂，也就是当年丹葵太公走进村庄的那条土埂。这土埂其实是一条防护堤，发大水的时候，丹桂房的村民就在这儿敲锣救埂。我是一个十足的懒汉，我想，发大水“救埂”的时候，如果“村长”分给我一个差事，我愿意敲起响亮的铜锣。

1991年的冬天，我卸下了领章帽徽，穿着一身旧军装从南通一个叫环本的地方回到丹桂房。我一直想唱“归来吧归来哟，浪迹天涯的游子”，但是词到了嘴边，却变成了“你就像那冬天里的一把火”。

父亲坐在屋子里，守着一把古老的茶壶。他在火炉边烧茶喝，专注得像一尊雕塑。

而其实我们都是回不去的。丹桂房在我的记忆中越来越遥远了。从1992年春天开始，我再次离开了村庄，从此变成了一枚客人。我在诸暨县城的一些工厂里辗转，当保安，拉煤，摆小摊，给水道工打下手，药厂管仓库，做企划，学校当文书……打工谋生，娶妻生女，后来又去杭州游荡，仿佛满怀理想。

现在的丹桂房，我的那些小伙伴们盖起的新房较多，道路也被水泥覆被，没有了我脑海里当初活着的青砖黑瓦，没有了院门，没有了菜园，没有了竹篱笆，没有了一个从竹园隐约处一闪而过的女子。我记得当年那座叫作松林庵的庵堂。庵堂先是改为茶厂，后来茶厂倒闭废弃后，植物就在庵堂里疯狂地生长。这成了我那些年里一个触目惊心的记忆，一种叫作“十蓬头”的野草，几乎可以高到你的胸口，它怎么可以长得那么嚣张？我不忍心打扰它们的宁静，更不愿翦除焚烧它们。我扳着手指头一算，作为一种生命，它们和丹桂房有极大的缘分。如同我和村庄之间，有说不清道不明的情感。更多时候，我觉得我像一棵移栽在城市的“十蓬头”。

我和丹桂房之间的距离，那么近，那么远。我多么像一片离开枝头的叶片，随风飘荡，没有方向。我遥远的丹桂房，对我而言她已经不只是一个地名，因为她被稀释，像一滴墨汁滴入水里的那种渐渐淡去，然后进入我的血管。

我充满着丹桂房的血液就开始像一列红色的火车一样，在血管里发疯般地奔跑起来。

2015/04/29 02:17 初稿

2015/05/02 23:58 修改

武侠的年代

1983年，我无所事事地生活在江南一座叫丹桂房的村庄。我幻想有马蹄踏过田野的声音传来，幻想村口有一个酒肆，幻想侠客翻身下马，大喊来两斤牛肉一壶老酒。可是这些一直都没有，这令我很失望。我只能穿着凉拖鞋卷着裤腿像一个懒汉一样在村庄里晃荡，有时候我会随意躺在路廊的水泥墩上，幻想着拥有一匹白马和一柄长剑。那时候我口袋里没有钞票，但是我知道《武林》是四毛二分钱一本的。这一年我看了电影《少林寺》。后来我还看了电视剧《霍元甲》和《陈真》，距离被人津津乐道的《卧虎藏龙》和《一代宗师》，还十分遥远。但是我有一颗武侠的初心，因此喊杀的声音乐此不疲地在我梦境里回荡着。我想我必须开始练功，这样我就可以在行走江湖的时候，不被人欺侮。如果我的武功了得，能从一匹马上飞身跃起，那一定会吸引一位冰清玉洁的姑娘的目光，或者来一场英雄救美。我最喜欢听到的招式名是“白鹤亮翅”，我觉得白鹤的亮翅，比鸡亮翅一定华丽得多。距我家三里多路的钟瑛山上，有一座“东化城寺塔”。天蒙蒙亮，我和那些力气不知道该用在哪儿的小伙伴们，已经集中到了那块相对平整的坡地上。阳光细碎，从松树的针叶间漏下，我们开始踢腿出拳，喊杀之声四起，像一场农民起义。那时候我们什么都没有，但是却有着怎么样也挥霍不完的少年时光。

我们开始练习飞腿了，我们还练了铁砂掌。我暗中对自己说，海大侠，命中注定你会在江湖上飘。

我们村里的纪校是有拳头的。在诸暨县，我们会把有武功叫成有拳头。尽管纪校有拳头，但是他很瘦，冬天穿着单衣，脸上长满了粉刺。他很精神，一双眼睛也炯炯有神，我认为这是长年累月练功的缘故。他的眼神让我十分羡慕，这一定是练家子的眼神。还有一个被认定为特务的老人，成分不太好，后来当了一名泥瓦匠。其实在国民党的军队里，他是当过排长的。排长管三四十个人，比现在的小公司人还多。我们有时候会围着他，问他到底有没有拳头的。他冷笑一声，说当然有的。他就表演了一番，哇哇哇地乱叫，我们看得心惊肉跳，现在想来其实是糊弄我们的。但我们一致认为，既然他有一招一式，那他就是有拳头的人。

1983年，电视上已经能看到《少林寺》了，我跟随我年轻的表姐，踩着一地的黄昏，去丹桂房隔壁一个叫邓村山下的自然村某户人家家里看电视。那时候我的表姐是村里的一枝花，而我则是懵懂的丹桂房小学五年级学生。我们怀着愉快的心情，看了令人热血沸腾的《少林寺》。踩着一地夜色回家的路上，我的耳朵里灌满了《少林少林》的歌声。表姐说，觉远和尚为什么没有娶牧羊女呢？唉。我说，我要什么时候，才能像觉远一样有一身武功呢？唉。

我不可遏止地爱上了武侠，以及武侠的年代。

1986年夏天，小镇上已经能看到电影《木棉袈裟》和《八百罗汉》。在漫长而无所事事的初中时代，我们热火朝天看的主要是琼瑶的言情小说，以及金庸、古龙和梁羽生的武侠小说。有时候我希望是一名玉树临风的道长，出没在幽长的阡陌中，肩上背着一柄长剑。其实那个年代，我的身体是壮实的，武功却并没有多少长进。至少到现在为止，我还没有学会隔空点穴，也没有学会六脉神剑，更没有学会吸星大法。我吃饭的胃口倒是越来越大，每次都能吃三大碗，简直就是一只饭桶。

在镇上有着昏黄路灯的夜晚，我们勾肩搭背，趿着拖鞋，排成一条街的宽度，并着肩唱歌前行。夏天正在如火如荼地进行，我们的花衬衣扣子开了，一律敞着怀。我们唱，冬天里的一把火，一把火，一把火呀么一把火。然后我们留了比霍元甲还长的头发，对着姑娘吹口哨，抽香烟，大声骂娘，胡乱地扔啤酒瓶。我们以为自己长大了，仿佛很酷的样子。现在当我看到十六七岁摇头晃脑的少年，总是会想，这个孩子会不会认为自己已经长大了？

我们还会出没在枫桥镇文化馆里的录像厅，票价是每张两毛钱。有一位姓柯的天才同学，读书读不好，画录像票简直比真的还像真的。从他这儿买票，打对折，一毛钱一张就够。他总是装作很义气的样子说，兄弟情谊比钱更值钱，金钱如粪土，对折拿去。我们都因此而感动，为拥有如此深厚的友情。

我们在录像厅混浊的空气里看《飘香剑雨》，看《醉拳》，还有《加里森敢死队》。那些刀光剑影和喊杀之声，完全笼罩了我美好的80年代。

村里有一个篾匠叫球球，他的腿脚是不太灵便的，他有两大爱好，一是喝酒，二是看武侠小说。当然，他也会选择把爱好合并起来，比如一边喝酒一边如痴如醉地看武侠小说。他不但拥有了《射雕英雄传》，还拥有了《天龙八部》《书剑恩仇录》以及《碧血剑》等小说书。那时候我对他无比崇拜，总认为他是篾匠中看武侠小说最多、最像侠客的人。他就住在我家不远处，心地善良，手艺精到，十分充实而本分地生活在丹桂房。有时候我甚至觉得，他就是丹桂房本身。

因为求知若渴地看了金庸的《天龙八部》，我们知道了四大恶人，他们分别是“恶贯满盈”段延庆、“无恶不作”叶二娘、“凶神恶煞”南海鳄神、“穷凶极恶”云中鹤。我们特别羡慕他们这个组合的名字，于是也想取一个名。但是想来想去，觉得我们不够恶，那我们就取名为怪。因为我们都是丹桂房村出类拔萃的少年，因为我们一共七个人，所以我们组成了“丹桂七怪”。

1989年春天我去江苏南通当兵，没多久从家乡传来令人激动的消息。我自学成才的小伙伴们施展武功，把镇上“征天钢铁厂”的厂长从脚踏车上拉了下来，和他强行比了一次武。当然小伙伴们六个人，和厂长一个人展开了华山论剑式的终极对决。厂长顺利进入了医院，我的小伙伴们则被带到了镇长面前。镇长一拍桌子豪迈地说，我要会会大名鼎鼎的“丹桂七怪”，你们老实交代，还有一怪逃到哪儿去了。

小伙伴们异口同声地说，他没有逃，他在江苏南通当武警，专门对付坏分子。

武侠的年代一直都在继续。在我经过体检后确认为窦性心律不齐的心里，武侠就是一个美好的长梦，一种理想。所以我固执地认为金庸是当仁不让的文学大师，这样说，或许会让那些纯文学作家们愤怒。当我越来越不相信武功真的可以像武侠小说中所描述的那样出神入化的时候，我变得无趣而老旧，像一扇笨拙的门板。那种吸星大法，那种九阴白骨爪，都在我的脑海里变得缥缈起来。我七十多岁的老岳父会偶尔从诸暨来杭州我家小住，每天一早就起来从我家消失了。我早醒的辰光，透过窗，可以看到他在小区篮球场上舞剑打太极。尽管他腰杆笔直，面色红润，但我仍然认为他一定不是高人。他的慢动作做得出神入化，简直比慢镜头还要慢。不管怎么样说，他依然坚定地认为，太极是有助于身体健康的。这个我也相信，因为我还专门为此查过有关太极的资料。当然，最最有名的就是关于陈家沟的传说。

在网上视频里，看到过一个少林武僧的水上漂镜头，和电影里的镜头相去甚远。我更喜欢的是《卧虎藏龙》里的镜头，脚在水上一点，就飞身而起，简直不是凡人而是神仙。我因此而感到莫名的失望，武侠的年代是不是已经远去了？

2015年夏天，我在沉闷得让人心慌的气温里习惯性发呆。我觉得我有必要和义务，给我自己长长的武侠梦做一个交代，比如说写一部小说。那么选择什么样的年代作为小说的背景呢？1911年，新旧交替，这是一个好的时代，是一个发生重大变革、社会民生都发生冲撞的年代。那么选择谁来做小说的主人公呢？墙壁上出现了一个女子，她叫杜小鹅，是一名道姑。那么，故事发生在哪儿呢？我觉得应该在一个叫长亭镇的地方。因为李叔同老师曾经写道：长亭外，古道边……

呀，那么苍凉的长亭，适合发生精彩的故事。那么故事开场了：黄大傻是长亭镇臭名远扬的一条恶狗，它和另外几条恶狗看到昏倒在一片水洼地中的杜小鹅时，她还不叫杜小鹅。她只是一名朴素的道姑，道号李当当。黄大傻一点也没有想到，有一天它将会死在李当当的手里，而且死得那么没面子，简直令它无地自容……

2015/06/30 22:45 初稿

2015/07/08 03:19 修改

德清流水

6月3号晨，杭城落雨。最后一个抵达金汇大厦大厅的是安峰，江湖人称阿六头。他冒雨骑着脚踏车来，很环保的样子，像一只雨中春燕一样。他拎着一只高档的皮包，比我拎着的帆布袋子不知道高档多少倍，这让我很羡慕。德清来接我们的车子在杭州绕着圈子，纠缠了很久后，总算找到了停车的地方。最后我们步行去马塍路和天目山路交界的路口，果断上了车。我穿着布鞋，看上去仿佛是朴素的，其实是忘了带运动鞋。愉快地想，如果布鞋湿透，我就扔掉布鞋光脚去德清。因为子曾经说过：光脚的不怕穿鞋的。

子还曰：千年修得同车行。再说了，德清那么大，我想去看看。同样想去看看的是苏沧桑、邹园、周维强、安峰。到了德清，不假思索地住下，和马叙、赵柏田还有陆布衣胜利会师。他们都是散文高手，大约围棋八段的样子，或者武侠小说中，功夫似纯青炉火一样。会师的三个人，马叙是我认识的散文家中画画最好的，赵柏田是我认识的散文家中小说也写得特棒的，陆布衣是我认识的散文家中，获过鲁迅文学奖的。下午随车去安缇缦度假区，看上去那是富人度假的地方，有几匹马在懒洋洋地迈着方步，很像官员的样子。一名服务员平易近人地说，这儿贵的房间，大概是一万一天。我在想，那这床上睡一小时至少得一千二。于是我不假思索地在床上坐了五分钟，轻松地免单一百块钱。

在安缇缦，我还看到了一只幼小的猫头鹰，它不知道是从哪儿飞来的，落户在此。工作人员给它做了一只笼子，它就不再飞走了。它一点也不怕生人，连我这样有猎人风范的老农它也不怕，简直是胆大包天。在电影、小说或文艺作品中，这是令人悚然的一种动物，但现在它像是一只宠物。我差点以为它是塑料做的。

安缇缦让我想到了老家丹桂房一座极矮的山包，叫仙人坪，其实是一大片地势平缓的茶园。仙人坪的风景也是很美的，我把它写到了中篇武侠小说《长亭镇》中，说，李当当在此放羊。当年的当年，我装出好男儿志在四方的模样，离开家乡。所以在我的记忆里，仙人坪已经很遥远了。遥远得只剩下一个水墨的背影。

下午还去了充满民国风情的庾村，那是一个安静的处所，让人心生就在此居留写小说度余生的想法。在民国风的莫干山车站，抚摸着那些老去的墙壁，就希望这时候气派地从遥远之处开来一辆民国年间的汽车，我穿着长衫，从容登上汽车，坐着车去往省会杭州。呀呀呀，想象民国的乌鸦，一定栖息在一棵乌柏树的枝头，画面有点儿黑白的感觉。我十分愿意在黑白的风里面，长久地伫立。在一座剪纸馆的门口空地上，我们一起吃茶。据说剪纸馆是一户杭州人开的，他们卖掉了城里的房子，然后租了这一幢民国老屋，租期二十年。我想象他们余下的岁月，波澜不惊，一定是比较为自己活的一种生活方式。我佩服这样的勇气，因为我做不到。我们大张旗鼓地坐在空地上——空地，是一个令人遐想的词，能产生或发酵很多的事物。此时恰是微雨扫荡过后，空气算是清新的，杯中茶也散出清淡的味道，有植物的气息。我们要么吃瓜子，要么吃茶，要么吃笋干豆，要么看光阴就这么被虚度掉了。德清的朋友在一边陪着，相谈甚欢，用杭州话语叫“不要太舒服得嘞”。

还是说说黄昏吧。黄昏时分，闲闲陪我离开剪纸馆，去了莫干山脚的一幢民居。刘醒龙老师在民居的二楼露台上接受电视台的采访，德清图书馆的慎馆长作陪。据说是慎馆长把刘醒龙老师请来了，作为图书馆的驻馆作家。采访结束，我走上露台，看到的是满眼葱茏，心想，这当真是一个好地方。像蜻蜓点水一样，我笨拙地点了一下莫干山的民居。然后和刘老师在露台上闲聊，聊文学真是一件奢侈的事。但我们不奢侈，因为我们主要聊的是天气，以及刘老师的行程。

对了，碰到和刘醒龙在一起的朱小如老师。他退休了，风格依然鲜明。他的脸是红色的，当然不是因为气色好，而是因为中午吃了酒。他以前喜欢打牌的，不知道现在喜不喜欢打。我还想到了另一层，眼睛一眨，也将是我退休的年龄。告别刘、朱两位老师，暮色已经将我们包抄了起来，我们果断地下山了。

既然是随记，那就随便地记记。晚上吃饭时，在饭桌上听到一个故事，故事中有一副对联：此人比较滑头，我已无可奈何。横批：拿下再说。

故事就不细说了。

6月4号上午，我们去的是新市古镇。新市不新的，和别的古镇也没有什么两样，一条水奋力地隔开两边的店铺。比如乌镇，比如西塘，比如安昌，比如无数的江南小镇，就是这样的格局。在小镇尽头，见到了泊在水面上的许多船，船边有漂浮物，也有绿水的水生物。我当兵的地方叫南通环本，那个叫“三门闸”的地方，也泊着许多船。这样的景象，是平原水网地带才会有的，船里面是藏着各种各样我们不晓得的人生的。这样的江苏味道，让我突然感到无比亲切。我外公外婆的老家，当然也是我母亲的祖籍，是江苏高邮。我当兵的地方，是江苏南通。长三角在我眼里，几乎就是同一片地域。这个地域的作家写出来的文字，也基本相同，充满了一种雾气。

新市是出过许多名人的，比如沈铨，比如赵曲江，比如钟兆琳，一个地方总是会生产一种人的。我的老家诸暨，出产木卵。听说嵊县是出强盗的，而绍兴出师爷。新市出的是高才生，他们应该是那个年代的学霸。我最怕的也是学霸，因为恶霸总有一天会被打倒，路霸也会做到头的，但学霸不会。

在夏意盎然的新市，我们走访了好多旧宅。一个叫韦秀程的人带我们东奔西走，他滔滔不绝地说着各种典故，让我能够确认他是当地乡贤。我对各种贤都是敬重的，因为成为贤是不容易的一件事。我还因此想到了老家丹桂房的孤老头子朱德和六灿。他们穿着黑色的衣裳，也是学富五车的样子，在我的童年影像中走来走去。听说从杭州逃难到丹桂房的朱德是会算命的，也是当过和尚的。而六灿一直是村里的保管员，他有一阵子管过村里的电视机，很威风地打开锁着电视机的木箱子，让全村的村民看霍元甲打迷踪拳，再配上昏睡百年的音乐。呀呀呀，这当然是令我时常回忆而且百感交集的80年代的事。80年代我还年轻得像一根青瓜。现在，朱德老早就死了，赤身裸体地在一个下雪天死的，死得像一个先知先觉的神仙。六灿在不在人间我不知道，如果在，他应该老态龙钟了吧。

有时候，他们像我的亲人。我离丹桂房越远，就越会想起。

下午去裸心谷。陆布衣吹萨克斯。他的萨克斯已经吹得很不错了。他是一家上市公司的监事，所以我断定他是监事里吹萨克斯最好的。夜色来临以前，我离开了热闹的众人，他们好像是聚在一起讲笑话，或者谈论着国家大事。我一个人假装孤独地沿着水泥路走到田间更深处，一条小小的沟渠里，刚刚出门的蛇得意扬扬地叼着一只青蛙。青蛙显然是没得救了，在离开这个世界以前，它用最嘹亮的声音和我告别。

晚上，在德清的农家乐吃饭，那个农家的名字依稀仿佛好像叫什么金松。吃完饭，夜色安宁，像极了我童年时的山村。

6月5号，是“八大散人”在德清的最后一天。因为写诗的，我们一直称之为诗人。所以我一直以为写散文的，那就是散人。当然写小说的就不一定是小人了。晨起后我们去了公民道德馆，去了县图书馆，去了钢琴馆。看上去马不停蹄，但我们其实是有点儿走马观花的。不过在道德馆，我还是被这里展出的内容感动了。这个展馆让我思索了好一阵，让我在想着人间的各种美好……钢琴我是不懂，我都不知道钢琴的工作原理。我只知道有两个人弹钢琴是不错的，比如理查德·克莱德曼，但总会被我念成克莱德曼，另一个是郎朗，帅毙了的小伙子。他吃了多少苦头我不知道，据说钢琴家的屁股必须坐出老茧才行。

特别要说的是图书馆。德清的图书馆很不错的，干净，整洁，设施也好，还有一个视听室。其实我愿意是一名馆员的，那可以看多少的书啊，怎么看也看不完。不像现在的我，心永远不着边际地飘浮着，像一只懵然的风筝。

中午在珍元面馆吃面。吃完面，回杭州。路上十分投入地睡了一觉，醒来的时候看到人群密集，不由想，糟了，杭州迎面扑来了。

德清三日，随意记之，所谓德清流水。每天夜里，写剧本都写到三点，第二天就有点儿恍惚，觉得德清三天，会不会是一场梦。

2015/06/10 00:34

民国是遥远的梦境

可以想见的是一个遥远的年代，比如1911，小说《长亭镇》就此开场。一位道姑荡漾着草药的气息，面对突然赶到道观、举着火把的母亲说，娘，咱们家一定是出事了……

比如1937，招娣睁着懵懂的眼，从嵊县崇仁镇到了上海。她站在一幢叫秋风渡的石库门前，久久地望着门楣上那几个砖雕的字。宝珠弄上空，云卷云舒，所有的人生都在苍穹之下，紧锣密鼓地上演。她为救养父，卖身做妾，从此开始在石库门的漫长人生。《秋风渡》里，可以打捞多少张湿漉漉的黑白底片……

比如1949，警察华良一边吃葱油饼，一边用一双鹰一样的眼睛，注视着上海滩马路上的各色人等。离5月越来越近了，他手头的案子却还没有破。华良出现在《福州路185号》中……

在我的眼里，1911至1949发生的所有一切，就是所谓的民国旧像，就是所谓的恍若我们缓慢平和的前世。无论是战乱中的颠沛流离，还是开在西湖边的一朵花，或者是一辆嘚嘚而过的马车经过阡陌，更或者是长衫马褂旗袍绣服，更更或者是，一扇打开的大门，里面深藏着天井，以及绣楼，以及客厅，以及小姐房，以及书房，甚至，一面风火墙……无一不透露着前世绝美的气息。

西湖边的新新饭店和秋水山庄，大约是深藏着许多史量才的故事的。当然，王映霞和郁达夫在风雨茅庐的旧事体，也是相当地民国。张爱玲在某一个春天，为了寻找胡兰成而在诸暨乡下住了七天，那幢小洋房还在，但是情事已经显得缥缈遥远了……上海滩上的浪奔与浪流，匆匆而过的黄包车与西装、旗袍，叮叮响着的有轨电车，以及有温度的糖炒栗子，告诉我们的是，那个年代的生活，有美好也有流离失所。我眼前一次次闪过的，一定是民国时候那年轻的脸庞。但是，这一些都远去了，隐没在尘烟里，无影无踪。留下的照片里，我们能看到的是两个字：生活。

凡俗得一塌糊涂的生活，一万年都没有改变过。时时发生的，是一样的恩怨情仇，当然也有一样的鸡鸣狗盗。

我喜欢往日最纯真的欢颜，喜欢民国年间并不绿树成荫的宝石山，喜欢竹篱茅舍和升腾的地气，以及农家满垄满畈的草紫……

此刻，和我所热爱的民国，以及上溯到唐宋明清及任何一个朝代，所有的人生大抵相同，包括所谓爱情，包括所谓事业，包括所谓人情世故，甚至于一条狗穿行在春天时欢快的吠声。柴门洞开，湖水湛蓝。

我们仅是过客而已，而民国是遥远的梦境。

2015/07/08 21:46 初稿

2015/07/18 18:40 修改

南山之恋以及世界上所有的张磊

“你任何为人称道的美丽，不及他第一次遇见你。”我认识很多诗人，但我没觉得他们的诗写得比原创歌手马頔的歌词更好。也许我是完全不懂得诗歌的，但我固执地认为诗歌总要有诗性。那天我在一家酒店里写着剧本，顺便意气风发地喝了一罐冰镇啤酒，并且打开视频看一个叫张磊的打火机商人一本正经地在《中国好声音》里唱这首歌。我看到了一个没有名字的人，她在字幕里被标注为：张磊老婆。这个张磊老婆把黑龙江人张磊留在了乌鲁木齐，落地生根。那一年张磊21岁，和所有热爱旅游的人们一样随便走走。随便走走让他像一棵树一样移植到了乌鲁木齐。就像我17岁那年随便走走，去部队随便地生活了三年。

要在异乡留住一个人，是要有本事的，是要有铺天盖地的柔情的。所以张磊才会“如果所有土地连在一起，走上一生只为拥抱你”。如果你注意一个细节，会看到张磊老婆一直在镜头里紧挽着张磊，紧张与甜蜜并存，仿佛张磊是一只风筝，而她是放风筝的人。

张磊对着四位音乐界的大拿欣喜而自豪地说，我结婚了。他说话的声音和音调，像一块棉布一样质朴。我被这样的声音深深吸引，当然我也看到了张磊老婆的表情，鳞次栉比地呈现着：着急，焦虑，以及看到三位大拿转身后的泪流满面。那表情无法形容，仿佛看到了一个走失十年的孩子，不是那种喜，而是那种悲喜。她一定是望夫成龙的，她的这一场纷扬的眼泪，如果需要铺陈开来变成文字，那一定就是她和张磊共同生活12年的细枝末节。我猜测他们的生活，白天卖打火机，晚上张磊去酒吧卖唱，而张磊老婆大概是听了12年也不曾厌倦这种声音的一个人。

爱上一个人，大概是会爱上一切的，包括声音，气味，甚至是蓬乱的头发，或者一件陈旧的汗衫。

啤酒喝完了，而歌声不曾停歇。这个光怪陆离的世界，盛开着城市明亮堂皇的灯火，有人因此辉煌，有人落魄一生。不知道张磊会不会火？会有多火？会火多久？也不知道已经听了12年张磊歌声的老婆，能不能听到52年的张磊歌声。人生总是有许多的变数，就像风不知道往哪个方向吹。而张磊几乎在一分钟内完成的自我介绍，就吸引了四位导师和观众。这是一个聪明人才做得到的，要么是张磊聪明，要么是制片方聪明。

“你在南方的艳阳里，大雪纷飞；我在北方的寒夜里，四季如春。”一种苍凉的感觉，让你无所适从。“大梦初醒荒唐了一生”这句歌词适合每一个人，就像在终南山隐修一年终于出家的那位顿悟者刘景崇一样。从此他能长久地听到钟声，看到黄灯，熟读经卷。但并不是每一个人都能顿悟，也不是每一个人都需要顿悟。而是，每一个人都会有那么一天，大梦初醒，感悟一世荒唐。不是今天，就在明天。

但是，人世尘世，盛开如繁花，荒凉如杂草。荒唐有时候又何尝不是一种美丽呢？

南山之恋，在歌声里的爱情被无限放大。而充满才情的原创作者马頔，却是因张磊而被更多的圈外人所知道。这就是我刚才说的，明亮的灯火下每一个人的际遇终究不同。我相信这个世界上，有无数的张磊，正在爱上爱情，爱上在红尘里流泪，欢喜，歌唱，沉醉……可执手百年，或各奔西东。那么请允许我在这个静夜里，再一次打开一罐冰镇的啤酒，来听听南山南，听听北秋悲，听听南山有着温暖的谷堆啊。那么南风喃，那么北海北，那么北海终将会有墓碑。

如果告别了温暖的南山，我们的每一天，不是在别人的墓碑前苍凉，就是在自己的墓碑中长醉。

2015/08/07 19:58

给我坐好，我同你讲

在美丽但不著名的村庄丹桂房，大概是在三十多年前的月黑风高或者满天星斗的夜晚，我的祖母、姑父，以及林林总总的长辈，会坐在道地里和我说，给我坐好，我同你讲。

于是故事开场，在无所事事的童年，听故事差不多和看演唱会的快感是一样的。所有的鬼怪故事、水浒传说、三国演义、徐文长的段子，一一在夜晚鳞次栉比地上演。然后在美丽但不著名的上海市杨浦区龙江路75弄12号，我外祖母家里，我又捧着收音机听淮剧，听八贤王的故事。当然也听了评书《薛刚反唐》，听了林林总总的各色故事。印在我脑海里最清晰的是说书人夸张地说：啪啪啪，只听得三声炮响……

然后，长大后我就成了说书人。在寂寞而漫长的夜晚，敲下一个个文字，筹备，开机，关机，剪辑，审片，上星……啦啦啦，我是影视剧生产线上的一颗螺丝钉。

无数漫长的夜晚，站在窗口看楼下的夜灯，温情的黄闷色层层叠叠。我会想，八九十年前这里有没有拖着伤口逃命的革命党人，步步带血，一滴一滴；有没有揣着行囊私奔的小情侣，慌慌张张，跑着跑着笑起来，牵牢了汗津津的手；或者赵富贵同志的茶叶蛋生意，还好不好，他该抱孙子了吧；或者国芬现在开着哪辆公交车了，午夜时分，当她和重出江湖的K155迎面交错的时候，是欢喜还是伤感；陈美丽还在卖电饭煲吗？据说现在是日本产的电饭煲相对吃香一点。

唉，改变的是世界，不变的是人生。真想让他们从故事里走出来，和他们坐下来聊一聊。

和《旗袍》里的钱鹏飞喝过，和《花红花火》里的陈三炮喝过，和《大西南剿匪记》里的刘大卯喝过，和《麻雀》里的陈深喝过。他们生活在故事里，而我发呆在书房里。

于是突然有一个冲动，不会唱歌没关系，会讲故事就好；不会调酒没关系，会讲故事就好；不会变魔术没关系，会讲故事就好；不会交际应酬也没关系，只要会讲故事就好。可以讲给山河听，如果山河太大，那么可以讲给城市听；如果城市还是大，那么讲给一堵墙壁听，讲给一棵小树听，讲给一滴水听，讲给一根头发听。

故事是只狐狸精，能迷心窍，能开心智，叫人百转千回，欲罢不能。

说不好，茫茫人海中，我们会认识多少人，听他们讲同样的困惑、寂寞、伤怀、不舍得、很执着、小欢喜、刀光剑影、沧海桑田，以及滚滚而来的爱恨情仇……磅礴而缠绵，壮丽而秀美，愁肠百结而荡气回肠……

我梦想里的“故事汇”，她没有边际，无比敞亮，豪迈和柔情齐唰唰地奔来。她是拍醒木穿长衫的说书人，恩怨缠绵娓娓道来，她是唱R&B的饶舌歌手，嚯嚯嚯嚯很酷的样子；她是真人秀的无敌编剧，怎么疼痛怎么来；她是大风车里的毛毛虫，一扭一扭很贴心。她什么都可以是，只要有人愿意托着下巴听。

我知道写作或者讲故事，有时候会变得困难起来。比如壁咚的N个站位，读者知道N+1个；偷情报的舞女还没把手伸进太君的口袋里，屏幕前就响起了呼噜声；万能的美丽生活在这座人山人海的大城市里，她又将会被什么样的潮淹没。

说不定你讲得比我好十倍。

所以，故事汇请你来讲故事。我们需要你的诚意。漫山遍野、排山倒海的诚意。我一直认为，靠字吃饭的人，就是编个请假条也要写得比别人有想象力，有说服力，有感染力。我知道说出好故事是一种怎样的心猿意马；我还知道会讲故事的人们，都十分迷人。

如果你看到这里还没有跳页，应该是我的兄弟姐妹。

那么兄弟姐妹，我同你讲，有时候我会有些激动地想，这也许不仅仅是个故事汇，它会不会是一艘威风凛凛的破冰船，所到之处，咔咔咔，冰块全部裂开，它们夹道欢迎，欢欣鼓舞。我们踏在甲板上，举着酒杯，抽着雪茄，拉着小提琴，涂着胭脂，拿着花环，此起彼伏地唱着“美丽的鲜花在开放，在开放”，以及“欢迎欢迎，热烈欢迎”。然后，一切的伤病、情爱、倒霉、错过、犹豫、痛恨统统碾碎，天真烂漫，热泪盈眶。让快乐时光，万世流芳。

兄弟姐妹，要么在此看我写故事，要么把故事向我砸过来。

给我坐好，我同你讲。你看这样子行不行，我们一期一期，陆续奉献。

2015/08/30 01:15

海飞这个混蛋太能扯了

2015年的冬天来得比往年更早一些，著名的影视基地“猫店”的街头已经没有雪花飘飘，也十分地北风萧萧了。一剪寒梅没有傲立雪中，但是我已经傲立在剧组了。我翻了翻日历，发现今天是一个奇怪的日子。因为只要再多那么一天，它就是光棍节了。光棍也是有节的，那么非光棍为什么就没有节？三八也有节的，那么四九为什么没有节？五一劳动也有节的，就是不停地劳动劳动劳动。记者有节，军人有节，护士有节……那么，编剧为什么是没有节的呢？连我的一位朋友都告诉我，说他有甲状腺的结节。

《麻雀》呢，在今天杀青了。杀青和杀熟是不一样的，杀熟杀的是熟人，杀青杀的是青年人。总之呢，周杰伦说，烟花易冷，海某人说，冬天易冷。再怎么冷，但总是希望《麻雀》能够有温度。《野山鹰》呢，在今天大结局了，最悲壮的一段剧情。结局和结节是不一样的，结局呢，是“噢佛”的意思。结节呢，是一种节日。《女管家》呢，在今天算是开机了。开机饭总是要吃的，这饭一吃的意思呢，就是吃完饭以后，干活干活干活。

以前的“皇军”总是对八路说，你的什么的干活。我觉得我呢，就是写字的干活。冬天已经正式来临了，我在横店讨生活，那么你在哪里潇洒呢？

不管是讨生活还是潇洒，我们都假装牛皮哄哄地生活在今天。今天是11月10号，陈深同志，岁月绵长，老酒一定要喝好。干杯。

2015/11/10 18:01

南通啊南通

抵达南通环本农场是在退伍离开南通二十四年以后一个普通的黄昏，是那种昏得不能再昏的昏。有那种近乡情怯的滋味，不知道我当年住过的地方，现在会是个什么样子。对于妻女来说，是新奇的，她们想要看看的，也就是一个与她们有密切关联的中年男人，留在这儿的年轻影子……

指导员余树和曾经来诸暨带兵，在军山轮训队，他还当我们的指导员。他的声音比较洪亮，所以适合演讲。他是江苏泰州人，所以他的口音我听起来比较亲切，因为我的外祖父外祖母是高邮人。现在他肯定不演讲了，他有一份安适的工作，据说在纪委上班。

司务长刘宝江是从山东赶来的，他在一家烟草公司上班。他比我早当几年兵，看上去理着青光光的胡子，能够看得到当年的帅气。武保国是志愿兵，比我早当兵，比我迟退伍。我记得当年在二中队的东场，他把几头猪喂得比较肥壮，并且动不动就立一个三等功。这种让我眼热得很，也一直梦想去喂猪。我们几个在阳澄湖会合，因为二十四年以后，我们需要一起豪情万丈地吃螃蟹。

我们其实没有看到阳澄湖，但是我假装已经到了阳澄湖。

南通不是南通，南通是我青春的代名词。我最好的三年时光，在那儿深埋着。我看到我奔跑，走路，跳跃，唱歌，喝酒，吃饭，打闹，出操，吵架，吹牛皮……的样子，那是能掐得出水来的年龄，最好的年龄。所以有好长的时间，我看到了营房，就兴奋得像个孩子，不停地拍照；乐此不疲地告诉妻女，我当年住的是哪一间，床铺是在哪一个位置。

女儿把一些图片发朋友圈，说这是老海的青春。

老海的青春，小鸟一样不回来了。

忘了说，留住老海青春的部队全称是：江苏武警南通支队二中队。我们驻扎的地方是江苏省第二十一劳改支队，简称环本农场。地址在南通市南通县，紧邻三余镇，不远处就是黄海。忘了说，虽然是海边，海鲜没有吃到，海风却是吹到了的。所以老海退伍的时候，皮肤比非洲人稍微白了一点点。

不管怎么说，与众不同的青春，终归是好的。

晚饭，喝了大约四两白酒，复员后留在南通工作的老乡宣红光也赶来了。当年他考上了警校，留在部队，是我们特别羡慕的一个人。他有了白发，也有了成年人应有的世故，但是仍然可以看得出诸暨人的那种禀性。我记得，当年他的军事素质是极好的。他在科协工作，在南通成家，像一颗被风吹过来的蒲公英，落地生根。而我又想到了我的一个散文集子《没有方向的河流》。我们的人生没有方向，前路充满着无数的未知，那是对的。

就像我没有方向地写下的这些文字。

第二天早晨我5点多起床，7点钟的长途车离开南通，赶到横店的《女管家》剧组。天蒙蒙亮，余树和、武保国来三德酒店接我，递给我豆奶和热包子。然后，握手，上车。车子开走了，穿行在辽阔的雾霾中，像穿行在梦中。

而回到剧组，看到的是演员们在片场拍戏。这让我不知道人生在戏里，还是戏在人生里。晚上倒上一杯同山烧，喝一口，想对自己说一句祝酒词什么的，想了半天没想到要说什么，最后只好说：南通啊，南通。

2015/12/22 23:40 初稿

2015/12/24 22:26 修改

雨水之后，惊蛰以前

我想，我们是可以有着一个共同的春天和不同的人生的。

如果站在我三面都是巨大玻璃的书房里，就能准确地看见从天而降的雨水，从我身边飘落，仿佛我置身水帘洞似的。我知道春雨贵如油，所以我是热烈地爱着这种油的。我愿意春雨从四面八方向我汹涌奔袭，她们肆无忌惮地笼罩我，用雨声让我把心安静下来。我喜欢看街面上的人群，他们撑着伞走在湿黑的路上，仿佛要勇敢走向无数的未知。有的人穿着雨衣骑着电瓶车，在马路上无声地掠过，像一个黑色的音符。然后你可以看到朦胧的红绿灯在雨中闪烁。这一切都像是上苍在打的一盘电子游戏，他用命运的鼠标调遣着所有的我们，而我们全然不知情，一头扎进自己的柴米油盐，一头扎进正在进行的春天。

正月十五我按规矩吃了几粒汤团，吃完汤团，我就觉得新年过去了，一切事物都要进入有序的轨道。然后在接下来整个漫长的一年中，我们都在奔忙。其实有很多时候，我们都忘了四季。我哪儿会记得春天的柳絮开始随风晃荡，我只会对着电脑屏幕日复一日地码字。我甚至淡忘了西湖风光，而我在诸暨生活的时候，曾经穿越阡陌和田野，跑到西湖边上满含深情地观望着西湖。我很知道其实在春天，西湖边的风是可以肆无忌惮地灌进你的身体的，是可以拍起浪花的，是可以摇动树上的枝条的。

人到中年，你和风景，和四季，尽管只隔着一帘春雨，但是却有着那么遥远的距离。

2016年我对二十四节气异常敏感，我知道立春和雨水的准确日期。我一直以为，清明和谷雨时节，那才是轰轰烈烈的春天。而雨水之后，惊蛰以前，是春的前奏，其时乍暖还寒，其时梅花盛开，其时有小黄鸭小心翼翼地把脚伸向清浅的溪流。

在这样的季节里，喜欢穿皮裤的汪峰在用力地唱着，请把我埋在春天里；温雅的格非身居北方，用文字书写着《春尽江南》；许多地方，都在汹涌地举办一场场“春天

商亚东《气候里的大地》

送你一首诗”活动；门德尔松奏响《春之歌》；日本人唱起蕴含无尽乡愁的《北国之春》；而我们的民乐《春江花月夜》，让我故作优雅地用音乐洗涤我凡俗的心脏。我刚刚完成创作的电视剧《麻雀》里，苏三省在一个雨夜叛变了军统，成为汉奸。他撑着一柄黑色的雨伞，站在没有边际的夜色中，手挥了一下，军统上海站就在这个春水充盈的夜晚，全军覆没。

春天美好，那么多文艺用春天作为宣誓的手段。

2月23号这个普通的夜晚如期而止，我们在西溪的一幢房子里吃酒吹牛，有人唱歌，有人唱戏，有人发酒疯，有人在沙发上睡着了。夜正在一寸寸深起来，在那间临河的有着巨大玻璃墙的屋子里，我们能看到屋外漆黑的河流。突然一位姓贺的朋友提议，我们跪春天。那个时候我被这个满含酒意却无限诗性的提议惊呆，我们跪先人，跪上苍，跪大地，跪河流，我们为什么不跪春天？

漆黑的夜晚，河水流动的声音灌满我的耳朵，并且越来越响。这让我突然想起1994年的春天，我的初中同学贾铁勇离开人间。他是我最投缘的少年伙伴，如今在枫溪江畔，长眠青山。而我们无数人，仍然在未知路上奔走。早年的同学，都像一颗颗棋盘上凌乱的棋子，散落各处。

世界上所有的春天，并不一定代表生机盎然。是那只神秘的命运之手，在调遣着一粒粒棋子。而我们总是在秋天里眺望春天，又在春天里，缅怀青春和无数个远去的春天。

这个春天注定有许多事需要发生，比如说小区的围墙是不是要拆掉，拆掉以后停在小区里的车是不是就像停在了路边；有些人在讨论二胎生还是不生，是生不起还是生不动。终于有人像发现新大陆一样发现了引力波，我也一样的欢呼，尽管我不知道这波到底和别的波有啥区别。据说美国要干掉朝鲜了，很多男人都在热烈地讨论着这件事，甚至为此事而操碎了心。春天那么闹猛，《美人鱼》的票房直线上升，《三打白骨精》也已经打得不可开交。我记得三月份我有一个会要参加，我的一位北方的大哥要来南方看我，我有一些酒要喝，还有一些文字要写。我的春天和往年的春天一模一样，鸡毛蒜皮的事情轮番上场。

我赶在春天来临以前，去南通我当过兵的地方寻找了一回青春的影子，感叹的是时光飞快。我分明能看到操场上年轻的自己奔跑而过的身影。这个春天来临的时候，生活在上海的父亲失望而无助地告诉我，他亲手开垦并用来种菜的那一片废墟之地，改建成了一个停车场。他只能眼睁睁地看着他从诸暨乡下带到上海的锄头，在春天里生锈。《安徽商报》的钱红丽，让我给读者推荐几本书，标题是“春天里读什么”。我豪迈地认为春天里要读的，就是春天。

我的一位童年伙伴打来电话，让我回老家丹桂房村吃一次酒，他可以聚拢一帮小时候光屁股长大的伙伴，也可以去池塘里网鱼。他在电话里满怀激情地说，我们可以划拳的。这突然让我觉得近乡情怯，有那种走近的害怕与惶恐，我不知道近30年过去了，每个人都变成了什么样。尽管我对新鲜的鱼是渴望的，但是我更想要留住当初记忆里的美好。所以我纠结着拒绝着，然后看光阴唰的一下跳过。

我们总是在后悔或不后悔，纠结与不纠结中度过春天，或者说，度过一生。

此刻夜深人静，是杭州的凌晨1时27分，我开始在寂静的书房里，对春天做一个简要的计划。

我需要造访春天，去杭州春天的最深处走一走，比如穿上我心爱的布鞋，把三台山的小路丈量一遍。我需要和久未谋面的朋友，坐下来聊聊天，哪怕在阳光底下打个盹。我需要读书。在红尘里充满鸡血地打滚，让我少了好多读书的时光。有时候面对一墙的新书，我无比惭愧无地自容。2015年我没有发表一本小说，我预计着在2016年重拾小说的麦穗，给我自己做一个小而必要的交代。读书和写作，会让我成为纸上的农夫，我多么的愿意沉醉其中，仿佛能听到鞭牛声响亮，明晃晃的水稻田里盛满春天。我开始满怀激情地设计我的小说《惊蛰》中的一个角色，他写了一首叫作《致女儿书》的诗：我不愿失去每一寸泥土，哪怕是泥土之上的每一粒灰尘；我不愿失去每一滴河水，哪怕是河床之上升腾的水汽；我不愿失去任何，因为她属于我的祖国。就像我不愿意失去我生命的分分秒秒，因为我需要用来爱我的女儿……

在我的想象中，这位叫余顺年的中年男人，站在重庆被轰炸过后的一堆废墟上，大声地朗读着这首诗歌。你可以想见，这背后将会深藏着多少的故事……

2016年雨水过后，惊蛰以前，我需要完成这部叫《惊蛰》的小说。

惊蛰的题记是这样的："惊蛰（名词解释）：动物入冬藏伏土中，不饮不食，称之为'蛰'，而'惊蛰'即上天以打雷的方式惊醒蛰居动物的日子。此时天气转暖，渐有春雷滚动，中国大部分地区进入春耕季节。"

那么，让我们等待春雷的滚动，像等待我们未知而美好的将来。

2016/02/24 01:46 初稿

2016/02/24 23:36 修改

岁月恍惚，蝉声响亮

2002年冬天，我已经毫不犹豫地31岁了。这年冬天，我出版了第一本小说集《后巷的蝉》，中国文联出版社出版，收录了我31岁之前的大部分短篇小说。当时《浙江作家》杂志的主编夏季风帮我设计了封面，并用了其中一篇小说的标题作为书名。那一年冬天我就显得有些兴奋，觉得那个冬天为什么不太冷。

此后我的作品集连绵不绝，再出版书没有了当初的兴奋，所以我觉得冬天好像比以前越来越冷了。但是我想，写字终归是我的初心，所以我把《后巷的蝉》特别珍藏着。现在翻看这些文字，稚嫩拙朴，谋篇布局也显得笨拙。但是这些小说却很真实，它记录着我创作生涯中的某个时段。我想起那段岁月，经常去诸暨龙山脚下找我的好朋友朝潮。我能记得的场景是，我们都坐在山上的石阶上，我们比任何人都更虔诚地聊文学，乐此不疲。美好的年岁，过去了。

我没有觉得《后巷的蝉》能有多好，但是她是我的孩子。所以不管美丑，她一定是珍贵的。那么多年过去了，我仍然在写字，我觉得能够保持这个习惯，也是一件珍贵的事。我已经不年轻了。许多时候我把自己关起来，在狭小的办公室里发呆。每次当我抬起那张老去的脸，面向那扇有着光亮的小窗，我就会听到响亮的蝉声，在曾经年轻的岁月响起来；就会看到一条属于自己的文学小路，弯弯曲曲，甚至铺满荒草，甚至开满鲜花。

岁月一恍惚，蝉声响亮矣。

2016/04/19 00:50

酒事辽阔，大地苍茫

认得酒是一件不容易的事，就像想要真正认得一个人。

我所居住的村庄叫丹桂房，那儿属于诸暨县枫桥镇地界，主要的作物是朴素的稻麦，以及花枝招展的油菜。村庄的模样极其江南，主要是因为经常有牛热气腾腾地从一座石桥上经过。当然，还有各色村夫农人在墙角村头出没，田畈里稻花飘香，村庄里炊烟激荡，还有那些骂人的话远远地传送过来。除了这些以外，是有酒的气息绕着篱笆围墙在游荡着的。比如村里人自己做的米酒，那种甜腻腻的酒气混合在村庄的空气里，会让人晕晕乎乎。我就是在这样的气息里忘乎所以地成长的。

经常能看到村里人在冬天来临的时候做酒，一缸一缸地做，一缸一缸地吃，仿佛他们的理想就是能吃酒。第二年的夏季来临之前，往往是酒没了，人还在。我就想，人的力量该是有多大，才能把那么多酒水吃掉。我们家也做酒，父亲买来酒药，蒸熟那种白得发亮的粳米，在竹篾编织的簟子上摊饭，发酵，一切都按部就班地进行。父亲能做酒，但是却不会吃酒。他还会捕鱼，但是他不吃鱼。这些都是令人奇怪的事。我不会捕鱼，但我吃鱼。我不会做酒，但是我吃酒。我的酒量差到令我无地自容，最糟糕的一次是，14岁那年收稻子从田里归来，吃了半瓶啤酒，我就醉倒在地。那时候我趴在地上失望地想，我这酒量一辈子也当不上武松了。

我钟爱村庄里飘荡着酒香的日子，像钟爱一个随风飘荡的民间故事。

每逢丹桂房村某户人家的红事或白事，我都是可以吃到酒的。当然还有上梁酒，长寿酒，满月酒，订婚酒，以及其他各种各样的酒。我们尽管是贫穷的，但是我们的精神是富有的，我们变着花样找来酒吃。我们一般吃的是镇上国营酒厂生产的斯风黄酒，或者是绍兴生产的土绍酒。比方讲我们送一个已亡人上山，兴奋地一路上都在燃放着二踢脚，在道士连绵不绝的胡琴声里，我们一边吃酒一边喊“喜丧喜丧”。或者我们把所有使不完的劲用来闹新房，相互之间吵得脸红耳赤。在农村很开阔的晒谷场，一字排开摆满酒席，开吃。

我仍然记得，我平生第一次也是唯一一次当“娘舅”，为我的表姐陈燕去一座叫江藻的小镇送嫁。那年我只有16岁，是一个“青光光”的年纪。新婚当天，很多人热衷于去“闹伴娘”，我却兴奋地参与了吃酒与胡乱的划拳。在她的丈夫家，一坛坛的酒被吃完了，看上去就像是要和酒过不去。好多人醉了，就直接倒在了地上，一觉睡到天明。他们确实很年轻，年轻得像一支春天的笋。看到横七竖八的人醉倒在地的样子，我就想起了战争片上的场景。凌乱，血腥，安静，有蒸腾的水汽，数丈开外野花开放……

在中国的大地上吃酒，多么像一场壮烈的战斗。

17岁那年我也是雄赳赳的，但是没有跨过鸭绿江，而是跨过了长江去当兵。部队会餐的辰光，我们几个诸暨老乡会去伙房偷酒。我们偷酒胆大心细，有那种大盗的意思。谁都晓得，军裤的口袋是很肥大的，两只裤袋可以各装一瓶啤酒。因为裤袋装着啤酒，所以我们走路的样子，有点儿像企鹅。我们把啤酒偷到休息室，锁在柜子里，随时可以享用。那时候我是一个敢醉的年龄，每醉一次酒量就增一分。这个原理，大概和松紧带是一样的。终于我可以豪迈地吹啤酒瓶了，吹啤酒瓶的时候，我就觉得我是在战场上向着天空吹军号。我的脚下，战地黄花，呼啦啦地开遍了原野。

我的老乡孔有表告诉我，偷酒不好讲“偷”的，要讲“搬酒”。我们乐此不疲的搬运，显得十分生活，接近于最真实的人生片段。多年以后，我坐在办公室里一言不发地吃酒，抿一口酒以后是长久的静默。我在想，我们的一生，大概就是不停地搬运各种生活。

部队的那段年岁，像青瓜一样又青又脆。我们太寂寞了，所以我们集体爱上了吹牛。每次中队聚餐吃酒，好多人都吃醉了。特别是中秋节，所有人坐在操场上一边想家，一边为自己虚构一个女朋友，天花乱坠地说是村里的小芳，或者镇上的镇花，或者是厂里的头牌。这些传说中的美丽女子，都不约而同地爱上了我的那些战友们。他们像小说家一样，虚构了一个个大同小异的情节，就是当兵时戴着大红花上车的时候，那个美人眼含热泪向他频频挥手。后来我终于知道，他们比我更像一名小说家。他们一直深陷在生活的泥淖中，而我以为，生活本来就是现成的小说。

现在的他们各自成家，还在吃酒，家中各有一个女子，都不是传说中“车站送别”的那个人。生活和虚构，终归是有差别的。而我们的青春，小鸟一样不回来。

当兵退伍回到诸暨的辰光，父亲希望我能分配进枫桥镇的国营酒厂。这个酒厂让他眼热得不得了，因为年底的时候，每个正式工（一共30多名正式工，100多名临时工）可以赶着一头猪回家，那些猪都是用酒糟喂大的，所以这些猪每天都脸红耳赤的样子，像是做了亏心事。除了这些醉醺醺的猪，正式工还能分到别人向酒厂抵债的木材。傍晚下班的时候，每人可以背着一棵被砍翻了的树回家。这是一种多么好的福利，有工资，有酒吃，还有猪和树。我们丹桂房村有一个人，在枫桥酒厂干临时工当大厨。他是个酒瘾犯，每天不晓得要偷吃掉酒厂里的多少酒。每天他下班的辰光，都是吃得醉醺醺的样子，走在从酒厂通往村庄的泥路上。我觉得他是幸福的，因为幸福的人总是喜欢哼歌。那段时间，他哼得最多的歌是《九九女儿红》。

我们村里有一个人，从早上起床以后就要吃酒，他给自己下达的任务是，每天吃酒都必须吃到天黑。我们村还有一个人，他的腰间挂着一把军用酒壶，那壶里装的是一种叫“海半仙”的同山高粱烧。有事没事，他都要抿上一口。他并不是老土，他说电影里就有人会这么干。电视剧《黎明之前》，吴秀波始终握着一种叫杰克・丹尼的酒的瓶子，走来走去就那么边吃边进行地下工作。我一直认为，村里人对酒的热爱，要比城里人迅猛得多。我的父亲有一次早起，踏着薄雾笼罩的田埂，突然看到沟渠边土埂上放着一瓶酒。这瓶酒是谁放的呢？他这是想要诱惑谁？接下来我父亲发现了放酒的那个人，头朝下跌在三尺开外的水沟里。他死了。这算是醉死的还是淹死的，谁也不晓得。

吃酒总是快乐的。跌进沟里那就叫快乐过头了。做人也一样。

2000年的时候，我在《诸暨日报》当周末部的编辑，那段时间我吃酒吃得比较欢畅。我出差走到哪儿，比方讲南昌或者宜丰，比方讲无锡或者上海，我都愿自告奋勇地吃那么一点酒。吃醉的时候，我选择载歌载舞，还选择在地板上打滚，并且喜欢唱《男儿当自强》。我吃醉酒后不暴力，也不安静，我就那样在艺术的世界里徜徉恣肆，独自玩耍，偶尔还会唱几句流行歌曲或者莲花落，像文化馆里一个不领工资的文艺工作者。

2005年，老大不小的我，从小县城来到杭州谋生。其时我的家小还在诸暨，我需要挣一些“麦内”养家糊口。大概在2007年以前，我还是喜欢去杭州南山路上的酒吧坐坐的。坐坐当然不是坐着的意思，应该是吃酒的意思。我记得有一回我在一个酒吧里，自己把自己“坐”醉了，而且随即就吐了。那天我请了乐队里的黑人吃酒，他很勇敢的样子，和我干起了杯。最后这位黑得发亮的国际友人送我一件乐器，那乐器一摇就会沙沙作响，名字叫沙锤。我不是大醉的那种醉，最后还能认得回家的路。于是我一路都摇晃着那个沙锤，在沙沙沙的声音里，回到当时我居住的叶青兜。

现在我的一些老哥还是热衷去酒吧，他们的声音比较洪亮，喊，同去同去。我就觉得，可能是他们比我更年轻。现在我不太去酒吧是因为，去酒吧是累的，不如在家里的一张小桌子上，来一碟花生米，三两“海半仙同山烧”。我想我是醉不起了，过了四十岁以后体力大不如前，酒醉的第二天，就不太容易恢复。我突然晓得，吃酒是需要有好身板扛的。酒场上劝酒的人，不会在意你扛不扛得动。

太阳照常会在每天升起的。不管那时候我们在不在人间。

有的时候，我也能吃一点儿白酒。比方讲，同山烧。在冬天的深处，大雪已经封门，我突然就想起了晦涩的青春。那一年我很不得志，觉得生活铺在自己的面前，也是一片灰黄。后来我去大奕村找我的战友魏红军。我们生起了取暖的火炉，然后我们开始大口地吃酒，大口地吃狗肉。菜凉了，就动手热一下。酒凉了，就赶紧吃下肚。后来我就看到所有的景物都在摇晃，于是我果断地大着舌头说：红军，地震已然来临。

那个无比深长的夜晚，摇晃的岂止是我的身体，摇晃的还有那堆明亮的火光，摇晃的还有我不成样子的青春。

正是因为有时候我们啥也没有，就只剩下青春。所以我们喷着酒气打开门走出屋去，在一块白亮的雪地前，我们直挺挺地倒下，在雪地中拍出了一个个人影。我们是光着膀子的，所以我们全身通红，而且年轻的身体因为受潮而散发着热气。那些微的雪，沾在皮肉上很快就融化了。丝丝的凉沁入你的骨头，你会觉得这个冬天是多么的不一样。

我想起了我写在小说《惊蛰》里的情节，几个患难兄弟吃醉了酒以后，经常在一起唱歌：朝天一炷香，就是同爹娘。有肉有饭有老酒，敢滚刀板敢上墙。

他们行走在上海的街头，就像是行走在通往黎明的小路上。

我写过一部长篇小说，叫作《花雕》。也写过一部《花红花火》的电视剧本，改编自我的另一部也叫《花雕》的小说。为了写这些，我长久地在绍兴一个叫东浦的小镇逗留，那是一个真正的酒乡。我那么钟爱着这种黄酒，是因为我在村庄里生活着的那些年岁，吃了太多的黄酒。出差到北京的辰光，是可以吃牛栏山的，也可以吃二锅头的。在上海的辰光，可以吃一瓶石库门。在江苏，是可以吃到海之蓝的。在安徽，是可以吃到杨小凡先生的古井贡酒的。在厦门，能吃得上正宗的金门高粱烧。

但是等我们什么酒都能吃到了，最后所缺的往往是能扛得住酒的好身板。

记得好多年前的一个夜晚，火车在大地上冒着热气呼啸着狂奔。我乘坐Z字头的快速列车，从杭州赶往北京。在餐车上，我吃了一瓶二两装的二锅头，随即就醉了。我的肚皮里，热辣辣燃着一堆火，这使我找不到我的那个铺位。我就在过道上走来走去，像一只不知所措的蚂蚁。但我喜欢那条长长的过道。有些人困觉了，有些人还在过道借着灯光看书。这样的安静，差点让我落泪。

我热爱着绿皮火车的那种晃荡，热爱着钢铁发出的巨响。我热爱着蒸汽火车喷着热气，车灯雪亮，黑夜中穿行在苍茫的大地。但我并不喜欢高铁，除了快一无是处，而且人生并不需要事事都快的。也不需要像高铁那样平稳，让你失去了坐火车的那种感觉。我就那样在过道上走来走去，看惯了旅人们的那么多的人生。

而又有哪一双眼睛，会从包厢门缝里往外瞧，瞧见我暗夜里在火车过道上行走的人生？

项羽设了鸿门宴，让刘邦来吃酒。刘邦真的来了，许多人都认为这是他死期到了。项庄舞剑，意在沛公，但是最后刘邦没有死，这就是天意。曹操呢，和刘备煮酒论英雄，煮的是青梅酒。我们敬爱的吴晓波老师，也在做梅子酒，但他的梅子酒不是用来论英雄的，是用来雅致生活的。当然，还有宋代的第一个皇帝赵匡胤，从陈桥驿兵变后，黄袍加身。但他老是疑心有人要夺他的权，于是他自导自演了至少两场的“杯酒释兵权”。这样想来，有好多酒是不能主动去吃的，你不晓得对方在盘算着什么。

著名诗人李白也是有着他的事业顶峰的。他的事业顶峰是杨贵妃陪他吃酒，高力士给他脱靴，很酷炫的样子。连他离开人间，也显得无比牛气。他是醉酒后去河里奔月的，他没有用宇宙飞船，直接往水里面去奔月。武松也醉酒，武松一醉酒就打死一条大虫，还醉打了蒋门神。在20世纪80年代，我看过八集的电视剧就叫《武松》，演武松的祝延平他是会醉拳的。醉拳因“醉”而更佳，比如王羲之醉后，写的字就特别好；陈洪绶醉后，画的画也特别有意思；贵妃也醉酒，她醉酒是因为她吃醋了，因为皇上十万火急地去临幸别的妃子了。可见人生得意是须尽欢的，可见五花马千金裘呼儿将出是要换美酒的。在遥远的美国，和我一样姓海的海明威，也是喜欢醉酒的。他还拥有一杆枪，他拿着枪耀武扬威地写小说。这是一件多么有意思的事。

遥远的事情我们不讲了。比如投醪河里越王下令倒酒的故事。我们只讲讲我们的醉。我一直以为小酌总是怡情，比如蟹脚正痒的金秋，几只湖蟹，配上黄酒。我晓得的，黄酒是有多种吃法的，外地客人到了浙江，总是高呼，烫一烫酒。黄酒烫过，是变了味道的。当然烫过的酒比较暖胃，口感也好。但那就不能算是吃酒了，叫暖胃。

我觉得我有义务和必要，说说一种叫同山烧的高粱酒。同山镇这个地方，是诸暨和浦江县的接壤地。那是一块我不太熟悉的土地。那块土地上生长着成片陌生但却英姿勃发的高粱，它们弥漫着植物的清香，让我领略到人间美好。我对高粱最初的记忆，其实来自一部叫作《红高粱》的电影。那时候我特别想当一名轿夫，可以颠轿，轿中坐着一位美丽的女子。现在想来，那是一种多么幸福而阴险的职业。电影的镜头中还出现过成片的红高粱，像茂盛而真实的生活。诸暨的同山镇也是这样，每年秋天，家家户户的高粱经过打晒、蒸煮、发酵，就有烧酒师傅在村庄里出没了。他们带着专门的蒸馏工具，像游方郎中一样在村庄里挨户问要不要蒸酒。他们在我眼里的正确名字，其实应该叫作酒匠。他们的出现，让同山镇的每一座村庄都酒气回荡，并且鲜活而生动起来。所以在同山这般酒气葱茏的地方，有一句谚语：溪水都有三度酒，麻雀尚能饮二两。麻雀一共也就二两不到的身体，它要是真的吃了二两，这酒装在它哪个部位呢。

七月流火，八月未央，九月同山镇的山间地头都是刚刚长熟的高粱。它们像海浪一样，朴素、热烈而真实地涌动着。它们使得这片土地，除了苍凉以外，可见三分的妖娆。这儿的高粱，和别处的高粱不同，秆有两三米高，我私下里称他们为“姚明粟”。“姚明粟”成熟的辰光，穗已经弯了下来，果实糯而丰满，用这样的好原料来蒸酒，味道醇厚，酒体闪动着瓷实的光芒，像一位酒中的侠客，挎着剑彬彬有礼地行走在你的食道。

当我在一家小酒馆里吃一种叫海半仙的同山烧时，就想，吃酒和成仙可能确实是有关联的。一生说长不长，陈忠实老师的大去，让我突然明白，我们都在排着队走完所谓的人生。既然人生苦短，那么如果你是一个善饮的男人，你离开酒你想干什么？你想搞什么阴谋？

我一直都晓得的，我家酒风不盛，至今仍未盛开。我在工厂里吃，在村庄里吃，在部队吃，在酒会上吃……在我的努力下，我家略略有了些酒气。但我始终晓得，大醉不是一件好的事，贪杯更不是好事。我清晰地知道我红着一张脸，在这红尘里跌扑冲撞，过着最本真的生活。现在的我，仍然喜欢着这杯中之物，并且在饮酒里回忆往事。我能清晰地记得17岁那年的4月9日，我在涌动的春寒中出门从军，胸前戴着纸折的大红花，青涩得像一根路边的茅草，有点儿软，又有点儿刺，还有点儿新鲜的植物的气息。我也能在酒后，大步行走在农田阡陌，有时候真想把自己醉倒在稻草垛里，油菜垛里，麦田里，或是农人看管植物的棚屋中。有时候真想失踪半天，隐身在另一个神秘的空间里，用第三只眼看我凡俗的肉身，偶尔吃酒，偶尔发疯。

我在我17楼的办公室里写字，吃茶，发呆，有时候还会打个盹，虚度光阴。办公室里的冬天是温暖如春的，透过狭小的窗口，偶尔也能看一看杭州城时而温婉时而气象万千的落雪景象。但是，我在绵长的莫干山路上看不到苍茫的大地，只能看到车水马龙，以及各种夹缝中的人生。我也晓得，我和我的青春已经十分遥远，但幸好，酒事始终辽阔。

2016/05/02 02:39 初稿

2016/05/09 00:57 修改

2016/05/10 03:48 修改

我遥远的钢锯岭

我是突然爱上钢锯岭这个地名的。它十分地中国，有一种硬度。这让我想到了我初中毕业那会儿，跟着我玉树临风的表哥差点学会了木匠活儿。我选择了一把称手的钢锯，并且用它切开木头，木屑飞扬，木质的清香钻进你的鼻腔，然后你整个身体和血液、骨骼都充满了这样的气息。这是多么令人神往的少年往事。我同你讲，那应该是一个春天，衣衫单薄，那个辰光我从没有想过钢锯会是一道岭的大名，也没想过在2016年的冬天，会和“冲绳岛之战”在银幕上碰见。

在我老家丹桂房附近的地域，有许多山岭，呈倾斜的姿势横陈在大地上。万家岭、横绷岭、黄大畈岭、新店湾岭、野麦岭，当然还有虎扑岭……虎扑岭是我虚拟的地名，我把这个地名不厌其烦地用在了我的小说和影视剧本中。我非常热爱老虎纵身一扑这个姿势，挟风带雨，气势如虹，这让我想到了对手的喉管被虎齿利爪割开时喷涌的略带腥味的热血。而它真实的名字，其实应该叫古博岭。这座岭就坐落在枫桥和绍兴之间，差不多成了两地的界碑。

在我的长篇小说《回家》里，虎扑岭首先有一场中国军队和日本人的大战。同钢锯岭一样，大雾弥漫了整个的山岭。当大雾散尽，枪声响起来了，如此明亮的声音穿透光线，子弹掀开对手的天灵盖，或者摧毁撕裂对手的肉身。那些血喷溅出来，同样的明亮，像一道红色的雾。

其实我是热爱钢锯岭的，一个曾经尸横遍野的地方。之后，野草会疯长，野风会掠过，野花会次第开放，野鸟会适时在枯木乱石或者是一张死去的渔网上栖留。

所有的一切，都会安静得像死去一样美好。

我喜欢如此亲切的钢锯岭，让我想到我的家乡。我觉得这条钢锯岭就在丹桂房附近。坐在电影院里，我听到的是密集的枪声，逼真的场面向我扑来。我的老家就是越国古都诸暨，春秋年间勾践的复仇火焰熊熊燃烧，冷兵器时代的刀光在我们的视觉神经里还没有远去。从古代战争，到二战时期的钢枪钢炮，和现在的高科技战争，其本质一模一样，那就是杀戮。戴斯蒙德·道斯告别女友上了战场，他特别像一个普通的公民，履行义务穿上军装。就像我们的士兵，在1978年也走向了一场战争。这场战争的零星视频，在网上能轻易找到。我不厌其烦地一次次观看，是想看到战争最真实的场面。

我愿意看到子弹洞穿钢盔，钢皮被撕裂一个洞；愿意看到断腿残手，血肉模糊；也愿意看到子弹击中天灵盖时掀起一大块头皮……影像上的残酷意味着真实，我宁愿认为，上战场就意味着有去无回。但和大多数人一样，从本质上我厌恶战争，因为那样我的亲人和同胞将不能安居，我也将失去我心爱的书房，当然更重要的是，我怎能失去自己的祖国。但是一旦战争来临，我们可以一边恐惧，甚至是胆战心惊，但一边必须大步迎上前去，因为退缩将令你更加恐惧。战争如此，生活也是如此。

我真愿意是一粒笨拙的子弹，挟风带雨穿透敌人的胸膛。

10年前我用影碟机观看《勇敢的心》，那时候我在小城生活，悠闲得像一头山岭上吃草的羊，当然也远比现在年轻，相对可以动不动就热血沸腾一下。那时候影片的导演及主演梅尔·吉布森比钢锯岭还要坚硬，在影片中他持刀杀人，比楚留香的快刀更锋利。也许，他本身就是一把刀子。多年以后，这把刀子用他所有的心力导演了《血战钢锯岭》，我有些喜欢电影前半程如此缓慢而从容的叙述。和小说一样，电影需要有根，有根才会有树，有一切的美好。我看到的是电影中和平地带的烟火生活，以及一场普通而及时的爱情。战场和医院，向来都是产生故事的地方，道斯和他青菜一样碧绿新鲜的女友在此相爱，像在屋檐下躲雨时，潮湿的气息里划亮的一根火柴，小而温暖，且令人心动。

1987年我在老家镇上的机械厂做临时工，出了一点小小的工伤事故。在枫桥镇人民医院，一位医生边谈笑风生，一边不打麻药直接用刀子将我的大拇指甲和手指剥离。我大叫一声，全身衣衫几乎在他下刀的那一刻被汗水浸透。那是一个湿漉漉的夏天，我闻到了医院里面特有的气息。我在医院看到过临终，看到过死亡，也看到过我的父亲在山上摔断腿骨，直愣愣地躺在医院大厅冰凉的地面上呻吟。当然，我也看到过妻子躺在狭小的病床上，在我的陪护下等待一个生命的降临。医院突然变得柔软明亮，我站在产房门口从医生手中接过孩子，孩子睁眼看了我一眼，随后又睡着了。这大概是在向我打招呼，或者告诉这个世界，她来了。这些医院的气味，经久不散，道斯和女友多萝西也是在这样的气味里相爱，并且，他要在多萝西的教导下，成为一名医疗兵。

我甚至特别愿意拥有汤姆·道斯这样一位父亲。这是一位暴力狂，在江南的村落，几乎都有这样的酗酒男人，用拳头对付自己的家人。但是在最紧要的关头，这位叫汤姆·道斯的男人站了出来。我想他是有担当的，他作为父亲站出来，通过战友的关系，替儿子争取了不需要拿武器上战场这一特殊的权利。这位曾经经历过“一战”的战士，我愿意和他相互敬礼。我们从来都不怕残酷，但我们害怕的是从此没有温暖。亲情也是如此。

父亲和女友，构成了戴斯蒙德·道斯最重要的亲人。道斯像一根乡村茅草，有青涩的如同青椒一样的味道，有锯齿，有坚韧的信仰与意志。他差不多就是亲切的茅草。

1989年我在部队当兵，接触到的武器是54式手枪、56式冲锋枪、81式全自动步枪和微冲。我喜欢实弹射击这个训练项目，你想象一下，你趴在泥地上，扣动扳机，子弹冲出了枪膛，呈螺旋状向前快速奔跑，穿透风，穿过靶子，钻进胸环靶背后的土墩里。枪声是清脆、短促，略带钝音的，因为那是钢铁呈现力量时发出的声音。每每听到这样的声音蹿进耳膜，蛮不讲理地激活我的血液，我就觉得，力量太重要，力量几乎就是生命。

所有有力量的东西，都值得我们喜欢。所有有力量的人，都值得我们敬仰。道斯就是一个有力量的医疗兵，他简直就是钢锯岭上的“许三多”，用最笨拙的方式和坚定的信念救下了75个人，在他眼里战争是另一个样子。就像我们在集体喝酒的时候，道斯喜欢的不是酒，是收走他喜欢的瓶盖。

我真愿意写下一部与战争有关的小说和剧本。在我的梦中，有这样一位战将，他就站在打扫过的战场上，硝烟还没有散尽，许多士兵正在清理尸体、武器、战利品。这位战将长久地在风中站着，他的胸前挂着望远镜。他大概是在眺望着远去的战争，也有可能在眺望着他战后平凡的生活，或者，他就此站着死去，完成潦草、残酷，但却又豪情万丈的一生。远处隐隐地传来军号声……

我突然觉得，我完全可以把我的长篇小说《回家》，改编成这样一个可以叫作《血战四明山》的剧本。

走出电影院，冬天的夜晚正在缓慢而有序地进行。战争就在不远处向这个世界上的任何人张望，近在咫尺，虎视眈眈。我相信连蚂蚁都会打架，断足折腿，让身子分离，对于它们来说，食物是最巨大的财富，值得用生命去争抢。蚂蚁尚且如此，那么有人的地方，必定有战争与江湖。你同我一样的，都无法避开，所以你得迎上去。就像我们必须迎向残酷、温暖、百感交集的人生。

钢锯岭的野花，已经在那场道斯参加的冲绳岛之战以后，无数次地开放了。土地保持着她原有的本性，无论是战火还是野草，她都没有力量拒绝接收。就像我们无法拒绝来到世界，也无法拒绝回归尘土。

此刻，我在我的书房里快速写字，所有的战争场面，以及摇曳的树枝，光线，武器，步话机，担架，甚至凌乱的声音，焦灼与紧张的喊叫……都在我的脑海里愈加清晰。我遥远的钢锯岭啊，我特别喜欢你的名字。

写下以上文字，并以此纪念。

2016/12/13 15:52 初稿

2016/12/15 15:06 修改

惊蛰如此美好

现在，请允许我聊一聊陈山。

陈山的惊蛰，是在1940年代的上海天空下，如同一棵绿树一样生长起来的。滚滚的雷声中，春雨细密柔顺甚至甜蜜，抛洒在上海里弄居民的生活细节里。而钢枪、军靴、大饼油条中夹杂着火药的气味，以及狼犬阴狠的目光，或者说偶尔压过路面的坦克，都透着一种硬度。硬是一种力量，就像惊蛰这样的节气也是一样的。比方讲撕裂般的一声雷响，就是力与力的碰撞产生的轰鸣。

这是小说《惊蛰》中主人公陈山的惊蛰，也是上海的惊蛰。在我的想象中，那时候阴云密布，太阳从乌云的缝隙里洒下万道闪亮的光线，像一柄柄剑一样刺向大地，也刺向了黄浦江和苏州河，以及外滩的钟声。

假定陈山被大雨淋湿，他像是被从水里捞起来一样，手中捧着一碗父亲爱吃的大壶春生煎，一步步向家门口走去。屋檐下，站着他木讷的父亲陈金旺和瞎眼的妹妹陈夏。他们的生活，就是我外祖父以及阿姨的生活。那么亲切却又细微的温暖，支撑着那时候的人们在1940年代的上海，活，下，去！

而我的惊蛰，总会在每年的初春如期而至。如一枝梅的叶苞最初的绽开，探头探脑，慌张而隐秘。白晃晃的光线笼罩着我家的小院，四面八方的雨水开始向院中聚拢，水声哗哗，我渺小得像一棵幼年的杈树，世界完全被雨水笼罩或者包裹。这时候你站在屋檐下，只要稍稍仰起头来，就会听到突然传来的一声惊雷，正滚动着向这边奔来。这个春天，还有丝丝寒意，那些雨水会被斜风吹进屋檐，打湿你的脸和衣衫。但是，寒意并不是寒冷，你没有觉得冷，你只会觉得清新。风能吹进骨头，雨会打湿心尖。

那么漫长的童年和少年时光，就这样被如此美好的惊蛰，一次次地加深着印象。24个节气，我独爱的是惊蛰。如果雨声被收住，天空缓慢放静，地气开始在太阳光之下

崔小冬《惊蛰》

上升，海市蜃楼一般的世界，虚幻而又真切地呈现在我的面前。随之而来的大约是蛙虫的鸣叫，虫蛇出洞，万物复苏，植物的嫩芽在日光之下疯狂地生长，滋滋有声。

我胡乱地想，无数的时刻，我们都成不了诗人的，但这大约不妨碍我们每个人都有一颗诗心。

父亲的惊蛰，是穿着蓑衣的。他荷着锄头卷着裤管从田间归来，本身就像一件机械刻板的农具。日复一日，刻板得像庄稼一样重复生长。如果他有根，并且把根扎向大地，那他也可能就是一株麦苗，最多是一棵爬满野蚕的桑树。多年以后我读懂了他，他对生活没有过多的要求，甚至有时候他惧怕生活，就像惧怕一场从山谷倾泻而出的山洪。

陈山这个混蛋，穿着宽大的裤子和一双陈旧的皮鞋，叼着纸烟，很牛气地走在上海街头被雨打湿的地面上。霓虹灯闪着清冷的光，他的兄弟宋大皮鞋、刘芬芳、菜刀、地雷紧紧跟在他的身后……他们是上海滩的“包打听”，他们就这样一步步走来，一直走到我的一个叫作《惊蛰》的小说里。他们在一盏路灯下站定了，然后仿佛是从电脑屏幕上与我相对而立。他笑了一下，对我讲：侬好，我是陈山……

我认为陈山是目露凶光的。其实我觉得目露凶光挺好，狼也是一样的，狼的目露凶光，是因为它想，活，下，去！

2015年，我的编剧作品《麻雀》拍竣，《惊蛰》的故事走向也浮上了我的脑海。我认为我有必要深深地爱上陈山，并随着他的喜悲而歌哭。现在，请允许陈山出现在舞厅门口，他叼着烟，在1940年代的上海夜色中，像一头没有方向的蚂蚁。然后因为一个叫荒木惟的日本人站在了他的面前，仔细端详着他，随即他的命运开始突然改变，陷入了重重的危机中，他的潜能也在此完美地爆发。

完美是一个令人愉悦的词，哪怕是一场杀人，也需要完美的手法。

陈山在他的特工生涯中所走的每一步，几近完美却又凶险重重。他要去往的地方，是他从来都没有去过的重庆。首先，他抵达了朝天门码头。在重庆，他听到了比上海还多的爆炸声，他在重庆十分民间地黑白照片一样地生活着。当然，他遇到了生命中各不相同的女人，比方讲张离，比方讲余小晚……对了，不能忘记唐曼晴小姐。

其实，我们同陈山一样的，在接下来的每一个时刻，并不晓得生命的方向会往左还是往右拐弯。

我是如此深爱陈山，如此深爱着那个年代的重庆和上海。颠沛流离是日后回忆的资本，我替陈山回忆着，在2016年的秋天，我站在重庆倾斜的景点，寻找八路军办事处旧址、军统局本部旧址……我马不停蹄，兜兜转转，如此急切，就是要找见陈山的影子。

陈山在《惊蛰》里，用他的生命深爱着妹妹陈夏。陈夏对他的称呼是，小哥哥。而你，有没有一个可以同样替你遮风挡雨的小哥哥？老实交代，有没有？

1989年惊蛰后的半个月，我接到了入伍通知书。此后，我成了一名军人。到现在为止，我看到街上走过的一队兵，会情不自禁地回过头去偷偷张望。我看到了他们的制式背心，以及背心上地图一样的汗渍，如此年轻的背影，让我心生嫉妒，也让我看到了年轻时候的自己，那么豪迈、雄壮、青春勃发，荷尔蒙在欢叫，身体像一棵正在拔节的树，骨头一边欢呼一边咯咯作响。但是现在，你晓得的，我明显地老了，行动相对迟缓，不敢喝醉。

我多么像莫干山路上的一头笨拙的蜗牛，在柏油马路上缓慢爬行，偶尔抬头看一看前方翻滚的雨阵，生动的闪电，以及明晃晃的天气。

我当然会记得的，在部队的春天，我们冒雨全副武装拉练，脚步整齐落地，发出单调但却极有节奏的步声；同样的，我们能听到惊雷阵阵。我们行进的地域，是一片平原，所有的作物，油菜，麦子，毛豆，萝卜，或者其他，都在匀速生长。

我们多么像一辆绿色的火车，轰隆隆地前行。

2017年惊蛰，《惊蛰》已经在《人民文学》第一期发表，将由花城出版社出版。电视剧本正在匀速前行中，千乘影视会投入拍摄……这多么像我们不疾不徐的庸常生活。我在我简陋而狭小的阁楼里行动迟缓，喝茶写字。惊蛰和一年中所有的节气，全部都被关在玻璃墙外。

《惊蛰》像一个孩子，或者他就是田田的弟弟。

历经九死一生，陈山在1943年惊蛰那天抵达延安，那天下着雨，他踩着泥泞低一脚高一脚地前行。最后他跟随来接他的八路军小战士胡小海同志，出现在令人感到温暖的中央大礼堂。他本以为在上海已经死去的余小晚，分明十分明亮地站在台上，穿着八路军的灰军装，干净整洁得像一张新鲜的海报。她正在朗诵父亲余顺年写给她的《致女儿书》：我不愿失去每一寸土地，哪怕土地之上的每一粒灰尘……

《惊蛰》的故事结束了，而所有人的生活，还在继续着。

许多时候，我的脑海中总会出现一片荒原，有狼群在荒原上奔跑。惊蛰来临，那些狼冒雨奔突，露出凶狠的目光寻找猎物。在它们的眼里，也有四季的更替，美好或不美好的景色和天气。只是它们不晓得，惊蛰的雷声，曾经如此浩荡地滚过大地，滚过它们的身边。

春如海，惊蛰如连绵汹涌的浪。

狼群越跑越远，最后只剩下空寂得望不到边际的荒原，如同我们空旷而寡淡的人生。

但是，但是，但是，只要有一道闪电再次划亮天空，只要有一声惊雷再次敲撼大地，那么触目惊心的美丽将再次如期而至。让雨落下，让雷声自由飞翔，让我电脑屏幕上的文字，也因此而插上翅膀……

2017年，《惊蛰》剧本的创作时断时续，如同我们并不美好的人生。总有一些生活的细节，需要用来作为插叙。但我始终相信陈山热爱着他重庆和上海的惊蛰，如同我也热爱着杭州的惊蛰。这一个共同的节气，如此美好。美好得我想闭上眼，回想一下我渐渐远去的青春，以及在大地上行走的少年印记，回想一下所有在惊蛰曾经发生过的人事。

感谢《人民文学》和花城出版社，以及和这部小说有关的所有的人。惊蛰，如此美好。

2016/12/17 01:04 初稿

2017/02/08 04:30 修改

从天而降的水声
——序《名家故居逸事》

我站在院子里，看一座大宅屋顶的黑瓦如沉睡的另一片大地。雨垂直地落下来，在黑瓦连绵的黑色之上跳跃奔踏，溅起阵阵水雾。我戴着巨大的笠，肩披蓑衣站在季节最深处的院子里。天空中的水在我身边纷扬着落下，它们密密匝匝地包围我，打湿我童年笔直的目光。

我愿意长久站立，站成一棵树的形状，或者站成一块黑而木讷的石头，一扇吱呀与老旧的院门，结满青苔的灰砖，或者一张挂在屋檐下的生锈的犁。从天而降的安静的水声，像是从另一个世界奔突过来的梵音。我在想，假定我果真是一棵树，我的身体会不会发芽？肩窝处会长出一根树枝吗？手臂上会不会缠上绿色的藤？如果太阳升起，我的身体大抵是会被升腾的雾气笼罩的。这是我在童年辰光里经常想象的一个场景，演练多年，我的目光能娴熟地穿行在雾中，望着这些宅门缓慢而坚定地洞开，一个个表情散淡的人站在屋内。多年以后我终于明白，他们有一个称谓叫大师或名人，另一个称谓是茅盾、鲁迅、艾青、梁实秋、张闻天、柔石、夏衍、章太炎、马寅初、夏丏尊、朱自清、丰子恺……

我以敬仰的目光，长久地注视着这样的人群。我觉得我应该邀约集合一些作家朋友，让他们和我一起记取这些人和事，并以此作为纪念与回望的一种方式。当然，不仅仅是纪念，更是一种传达，让更多的人来认知此前人事。现在，这些文字集合完毕。让阳光均匀挥洒，让水汽蒸腾上升，让宅门无声洞开，让文字中的大家们站在门口，穿着各色的褂子，长衫，长裙，西装，衣着整洁，不染纤尘。他们就这样长久地集体站在这本叫作《黑瓦以下，大地之上》的书里，此书翻开，跃然纸上的是那时候泛黄的岁月。那时候的光影和光阴，是多么的陈旧和斑驳啊，每一个铅字上都铺满了从树叶缝里漏下的光。那样的光微小而闪烁，像游动的针，像活着的精怪。

鲁晓敏写了秋瑾，这个钟爱散文的年轻男人，把秋瑾用文字描摹得灵秀而完美，冷静得让当年的秋风秋雨，再一次呼啸着掩盖过来，打湿多年以后这本翻开的书。秋瑾被捕，山阴县知县李钟岳有心无力，手捧墨书，老泪纵横，自己堂堂一个七尺男儿居然不如一女子忠勇刚烈。李钟岳向上司抗辩，力争保全秋瑾，最终却是徒劳。这位有良心的命官，也因同情革命党而遭撤职。他离职前一边抡起杀威棒捣毁了陈设在公堂上象征正义公平的天平架，一边大骂政府禽兽。李钟岳被秋瑾巨大的悲情所击倒，三个月后以悬梁自尽的方式殉道，时年53岁。我想象那天也有着从天而降的水声，李钟岳手持白绫以前，一定是仰望着屋顶的黑瓦良久。他知道黑瓦是望不穿的，黑瓦的一面是春水浩荡，黑瓦的另一面，是灵魂在游移的地方。

刘克敌在这散淡如烟的时光中，不急不缓地向我述说许多章太炎的旧事。国学大师章太炎，居然一生有着挥之不去的“国师”情结。1915年章太炎给浙江青田人杜志远写了一封信，请求死后可以埋在青田刘伯温墓旁。写此信时，章太炎因不满袁世凯帝制正被袁世凯囚禁，并数次以绝食抗争。刘伯温被世人所熟知的是他辅佐明太祖，献时务十八策，成就明朝伟业。他一生疾恶如仇，且自知“伴君如伴虎”之理，功成名就后便退隐青田，但终究逃不过春秋时期就已经有史可鉴的“敌国破，谋臣亡”的命运。他忧愤而亡之时，我猜想也许正是阴雨连天，也许也是连绵的水声不绝。

1918年的初春，西湖岸边下着微小的阴雨，青蛙已经准备选择一个合适的时机，在穴居的湖边泥洞里开始鸣叫。这样的天气里，微小的寒冷像四处游荡的魂魄，李叔同已在杭州虎跑寺削发，此刻他叫弘一。他的日本太太闻讯赶来，恳求他不要遁入空门。她泪眼唤他：……叔同。他手捻佛珠，答道：叫我弘一。后来黄炎培在《我也来谈谈李叔同先生》一文中写道：“船开行了，叔同从不一回头……”1918年的李叔同，放生的是半生人世浮华，放生的是彼岸的女子。而我们呢，如今还是在尘世中无奈地挣扎吧？这是符利群告诉我的，像说一个遥远而却又恍若在眼前的故事。我想到的却是另一层，我曾经被这个自称弘一的和尚留下的四个字击中，“悲欣交集”。我能透过这四个字的背面，看到苍凉微小却又无处不在、状若游蚁的人生。而他“长亭外，古道边”的歌声，在我耳畔响了四十余年，让我一次次想见夕阳下的荒草荒凉荒村荒道，荒的院落和树林，以及荒芜的心境……

潘爱娟的文字，让我也晓得了1920年，陈望道翻译《共产党宣言》，为了安静地进行翻译，他躲进了经年失修破陋不堪的柴房。陈望道足不出户，就连一日三餐和茶水等也常常是由老母亲给他送来。母亲特地包了粽子送到书桌前，还在边上放了一碟红糖，催促儿子吃粽子是要趁热的。过了一会儿，母亲在屋外问他还要不要再添些红糖，他连声答话："够甜，够甜。"当母亲进来收拾碗筷时，发现儿子满嘴都是墨汁，红糖却一点没动。原来他一边译书，一边蘸着墨汁吃了粽子，却浑然不觉。我想我大概是要表示一下敬意的，我必须敬重治学严谨的辛苦学人。或许他也是隔空而来的一滴水声……

水声不绝啊。我真想长久地站在院落之中，让水声把我所有的年龄淋得精湿。马寅初在嵊州浦口一间叫"马树记"的酒号降生，晚年他因《新人口论》遭受批判时，显示了一个学者的勇敢、自信、坚强和刚毅。他公开声明："我虽年近八十，明知寡不敌众，自当单枪匹马出来应战，直到战死为止。"京剧大师"麒麟童"周信芳是幼年在天一茶园演出时开始用"七龄童"这个艺名的，第一台打炮戏还是《黄金台》，这是周信芳演艺生涯的转折点。

至于从“七龄童”如何变为“麒麟童”，周信芳自己的叙述“是一位八十多岁的北方老先生，把七龄童误写作麒麟童”。还有写《雨巷》的戴望舒，杭州大塔儿巷如今早已难寻旧时光景，他“积着愁怨”的长长惆怅却一直还在巷内盘旋。自然，我们不应忘记蔡元培，这位与鲁迅同为绍兴老乡的北大校长，他如何借拜访同乡的名义从绍兴走向北大，以及如何带领一群浙籍文人占领20世纪中国文学半壁江山的历程是那样精彩。还有许许多多，除却大家熟悉的鲁迅、茅盾、艾青、徐志摩，还有沈增植、马一浮、潘天寿、吴昌硕、林风眠、丰子恺、俞平伯、郁达夫、冯雪峰……

这些密集的已经故去的旧人，他们集中出现在一本书中，他们慢而从容地转过身去，留下了一个个白晃晃的叠影重重的身影。他们让我想到的是一场老掉牙的胶片电影，或者是从天而降的水声，仿佛他们亦来自某个深不可测的潭。其实我也能隔着时光看到童年的我，披着肥大蓑衣的旧影，恍然之间人至中年，在书房里老气横秋地喝茶和制造文字，以及负责阅读一切喜欢的书籍。当然，从天而降的水声仍然是必需的安神良方，现在让我们都把目光抛得远远的。你是不是看到了一条宽大的泥路，青翠的狗尾草和茅草在路边的晨风中摇曳，天光已经变亮了，却仍然阴沉得没有一丝太阳。一个少年正用懵懂目光，打量着那些纤长灵秀的背影们。他转过身朝你笑了一下，岁月就开始变得荒芜起来。田园里有烂掉的木头，院门上有明亮而晃荡的蛛网，一口井在那个年代冒水的声音轻到我们听不到，却在真实地发生着。

水声再一次从天而降。2013年11月23日凌晨2时31分，作为此书主编，写下与水声有关的以上文字。是为兴之所至的胡言乱语，是为装腔作势的引言导读，是为不成样子的序言。

2013/11/23 02:31

在深夜里回忆往事

——写给周明小集《读海飞》

此刻是2015年2月4号凌晨2时5分，我习惯在深夜里回忆往事。夜安静得有点忧伤或者凄惶，透过窗口能看到楼下的马路上，偶尔会驶过寂寞的出租车。我把眼光望高处抬一抬，马路延绵没有尽头，但却能准确地延伸到1990年代初的一个春天。那天在小城诸暨万寿街的一家“金匙”书屋里，我见到了书店掌柜周明。他刚从无锡的部队复员回来，分配在邮政局工作，业余当书店的老板。凑巧我也在江苏当过兵，我也喜欢有闲的时候读读书。他的年龄大于我，所以相对地他显得安静温文，而我还是卷着袖子摇头晃脑走路的年纪。除了读书和办一本油印的叫《启星》的刊物，除了和朝潮聊聊“女神”一样的文学，除了谈恋爱和打红五，以及在经警队打着哈欠上班，除了一大把像青草一样生长着的辽阔的青春，我几乎一无所有了。

一无所有才是最好的青春啊。

人生本来就是一无所有的，幸好往事可以取暖。在这个寒冷的冬夜，请允许我继续回忆。当多年以后周明把为我作品所写的评论，以及我们的书信往来收集成一个文档传给我的时候，我在我的书房里开始发呆。我看到第一篇文章刊发的日期是2004年9月3日，那么也就是说我们的友谊超过了十年。在这个车轮滚滚红尘也滚滚的年代，我特别谨慎地使用兄弟或者友谊之类的词，我更愿意把自己包裹起来，习惯性使用“你好”。但是我在我的书房里发呆良久，按我的性格，我仍然不会把这事告诉任何人。我只是在猜度，还有谁写过我的十年？或者周明写过哪几个人的十年？答案可能是都没有。

在深夜里回忆往事是一件多么幸福的事，让我看到了一把茅草一样杂乱、清脆、荒凉的从前。我还看到了诸暨的下江东（江东街102弄4-13号）、化肥厂（诸化路31号）、亚东公司（亚东路1号）、越兴中学、诸暨日报社，以及当年我和女朋友摆摊卖凉拖鞋的北庄路和滨江路。小城青年的影子再次浮上来，我觉得这很像是一场艺术电影，片名就叫《南方县城》。我们一钱不值却又像金子一样贵重的青春四处泛滥，我们去“桃花源”吃冷饮，在对面的人民电影院看电影，还在三十六洞的录像厅里看录像，骑着二十八寸自行车穿行小城。同时浮现起来的是周明在这些年里读书和写文章的形象。其实我和他私下交往不多，更多的是短信和邮件的交流。我参观过他的书房，那时候他搬进了邮政局宿舍的新房子。我也知道他对书的痴爱，对电影的痴爱。我长久地把目光停留在一本叫《爱乐》的杂志上，并且终于知道，世界上各色人等是有气味的，气味相投的人才会在一起。现在他还在主持着一本叫作《越读》的杂志，油墨的清香分明就是阵阵书香。周明的远离尘嚣，却又拿捏精准地融入世俗中当他的凡人，始终让我觉得他才是一个真正的读书人。

周明当过《人民文学》的读者评委，也给一些杂志当过专栏作家，他的人生与音乐、书籍和电影有关，他的人生长度也和这些渗入到他血液中的艺术门类有关。一次次地重读《读海飞》里的文字，遗憾的是《生死门》我写了，但没有写好，所以稿件被尘封起来，作为一种路上的纪念。唯一的负疚，是愧对周明当时的殷勤指点和一片苦心。现在想来，岁月绵长，我需要感谢的可能有好多人，但周明永远是最重要的影响了我的写作的人之一。

请允许我继续在深夜里回忆往事，或者像电影镜头一样想象一下80年代的江南。周明穿着绿军装从诸暨草塔来到部队，他会不会走过了机耕路，闻到了紫云英的清香或者看到了升腾的地气？他的挎包里可能会装着一本书吧，他的床上可能也是书。或者，他可能是当过文书的，也或者他在政治处工作，总之与书或文字有关。我更猜想，他复员回家的时候，一定带回诸暨很多书；他在书房里的时候，一定会觉得安静与妥帖；他一定不太愿外借他的书，如此等等，只是猜测，但我想大抵准确。因为就我本人而言，1991年底从部队退伍的时候，肩上背着的行军背囊里，除了书，还是书。

穷得只剩下书才是最好的穷人啊。

我们都是一生会与书相伴的人，那么痴缠着文字的人，这一定也是一种天注定的命运或者说人生。此刻，在深夜里回忆往事，是多么温暖而又百感交集的一件事，可以让生命和思想都短暂地停滞，忘掉所有的凡尘杂事。

冬天的寒夜越来越深沉。各位看官，那么让回忆暂时结束，人生和读书都将继续。

感谢周明。

2015/02/04 02:39

抱着声音，一觉天明

——与徐玉兰或者越剧有关的声音片段

2016年4月18日凌晨，春雨完全笼罩了杭州。我躲在我的玻璃屋里，听到密集的声音敲打棚顶，像来自异域的鼓声。白亮而冰冷的光线挤满了狭小的玻璃屋。我能看到落地玻璃上滑落的水珠。它们像午夜的妖怪，不规则地扭动着腰肢，恋恋不舍地向我张望，然后在灯光中怆然下坠。

我想起桃花还没有完全凋零的时候，我们去了富阳新登镇的徐玉兰旧居。旧居有些残破，如同我们曾经过往的岁月。我能看到一些旧日子的印记，鳞次栉比地在每一个角落铺陈，比如地上的旧轮胎，那些泥土还沾在轮胎的橡胶齿印上，像一块亲切的胎记。比如墙上的一张年画，或者一些听得见故事的荒草……我站在院子里，突然有一个念头，如果我能长成一棵院里的枣树也是好的，可以站在院里那张石条几边上作长久的沉思。那石条几上有许多盆绿意各一的植物，很葱茏的样子。当然，如果我是树，我也可以怀想徐玉兰的少年辰光，她有没有扎着马尾辫？是怎样地在这旧居里进进出出？她的少年和任何人的少年大抵相同，走路一步一颠，额头光洁，眼神明亮。光阴像白练一样，唰地一下飞过去一丈。

我总是觉得我的耳边一直是有声音的，有时候我怀疑这是一种病症。在我心里，这种曾经被称为“的笃班”发出的声音，有一个美好的名字：越剧。

1933年的新登镇，会是怎样的一种气象？徐玉兰在她12岁的某一天，我们假定是初夏，她穿过了十分江南的长街，出现在东安舞台的科班。戏班主海半仙（我们假定他叫海半仙）正在吃一泡水烟，噗噗的声音里他大概抬起了眼泡肿胀的眼睛，很久以后才笑了一下说，留下。从此她有了一个文戏师傅俞传海，一个武戏师傅徽班文武老生袁世昌。我对师傅一词一直心生敬意，可以想见在那个年代，12岁的徐玉兰一定是被他们罩着的孩子。徐玉兰在这个科班里，学过长腿短打和大小花脸等基本功，也能从三张半高的桌子上像鹞子一样翻下来。1933年开始，徐玉兰就知道唱戏一定是她的饭碗，这辈子她注定就是戏里戏外的人。接着在戏台上，她是赵云，也是武松，当然有时候也是关胜。她是戏剧台本中远去的背影。这一年的年底，她随科班来到了上海，在南阳桥斜乐茶楼，徐玉兰稚嫩的声音响了起来。在此后的无数岁月里，徐玉兰在上海这座城市中进进出出，像推开一扇篱笆。

1941年在上海老闸戏院，徐玉兰和施银花搭档，从此改演小生。小生是什么？小生就是比较年轻的男性角色，我们老家诸暨称之为后生哥。在我想象中，小生总是俊朗的，徐玉兰最年轻的时光，也是俊朗得一塌糊涂。1941年于徐玉兰的一生而言，是她最美好的时光。她长得像一棵露水的胡葱，有香气，有野味，有勃勃的生机……

1941年，上海是日本占领下的城市，战火的气息在空气里略有回荡，有些火药味埋进泥土已经四年。一个俊朗的小生，彳亍在上海的街头。初夏的风呼啸、激荡，得意扬扬，吹起街头的招牌布幡，吹起她棉布衣的一角。把她排戏时那么年轻的声音，吹得像蒲公英一样随风飘荡。

那么多次提起初夏，是认为初夏是一个美好的季节。如果你是田野，那么麦子在你怀里成熟了，泥土裸露的皮肤发出深黑色的腥味。如果你是姑娘，那么你正在翻箱倒柜寻找去年穿过的长裙。如果你是小伙子，你该穿上白色短袖，露出你结实而有力的胳膊了。而如果你是一种声音，一定会在渐暖的天空里，恣意招摇和飘荡。像江南随处可见的布幡。

我想我是爱初夏的，也爱初夏里一切的声音。

徐玉兰在1947年组建了玉兰剧团，解放战争时期，她又和越剧十姐妹义演《山河恋》，希望中国人不要打中国人。1952年的辰光，徐玉兰率玉兰剧团所有成员参军了，被列为总政文工团越剧队的成员。我也是参过军的，至今热爱着军装特有的颜色。朝鲜战争爆发，徐玉兰和王文娟加入了志愿军，在炮火中她们为志愿军演了《梁山伯与祝英台》和《西厢记》，他们把经典的《红楼梦》留在了朝鲜，把朝鲜歌剧《春香》，移植改编为越剧《春香传》。我看过电影《云水谣》，其中有朝鲜战争的镜头，我就在想徐玉兰在那一座朝鲜的山包上，给朝鲜的军人演唱。徐玉兰的人生，像一粒翠绿色的浮萍，在生活的水面上，随风飘荡；在一次次的社会变迁中，改变着自己的人生脉络。

徐玉兰接受过周恩来和邓颖超的接见，但也在“文化大革命”的时候，被打进了牛棚，右耳被打聋。从此以后，她只剩下左耳，只有孤单的声音，通过左耳膜在她的心头震荡。她被整得一塌糊涂的岁月，一共是十年。我看到过一张她荒废了她的越剧、正在扫地的照片。扫地并不是低贱的事，但是一天到晚扫地，就不应该是一个优秀的曲艺艺人该做的事。我一直在想，人有时候渺小得就像一只蚂蚁，随时都可以从这个世界上消失。连消失都是那么轻易的事，听不见声音，那就更不是个事了。

徐玉兰的人生，是多场次的越剧，随着这个世界的动荡而有着不同的改变。而我们的人生，也各不相同。比如幽居山林的老农，他的生命是在各种令我们羡慕与热爱的绿色植物中一天天重复，不见波澜。就算人生多变，徐玉兰也不像《活着》里面的福贵，福贵的命运起伏如此巨大。她则把一生过成了立体的越剧。

这种叫“越”的声音一直把我吸引着。

我少年的辰光，父亲背着我去村里空旷的晒谷场看戏。我清楚地记得“双狮图”三个字写在戏台的黑板上，很清秀的样子。我被鼓乐的声音包围，那些鲜艳的戏服，在戏台上飘来飘去。父亲是喜欢看戏的，但没有想象中的那么痴迷。我也不是戏痴，但是我愿意坐在一张长条凳上，看戏在我的眼睛里循序渐进地上演。我曾经跑到乐师们的身边，近距离观察他们的工作。他们的工作与声音有关，头发，皮肤，衣服，以及整个人，哪怕是身边摆放的一杯茶水，都被他们自己制造的声音紧紧包围了。

村里的有线广播，在每天的上午9点和下午3点响起。农忙时分，下午3点是吃点心的时间，是农民补充体能的时间，所以这时候的广播被我的祖母称为“点心广播”。“点心广播”经常播放“绍兴莲花落”和越剧。在接下来的日子，父亲耗尽了家里所有的积蓄买过一只红灯牌收音机。那只收音机里释放的越剧，让我听到了来自电波的怒放的声音。隔壁叔叔家里，买来了一台电唱机，每当吃中饭的时间，那种热火朝天的声音传到我家庭院。那时候的乡村是安静的，我甚至能听到微风吹过香椿树的声音。但是有时候乡村的声音，也会密集而嘈杂。越剧的声音，就是掺杂在其中的一种。隔壁叔叔家里的电唱机，不仅释放越剧，比如《哭牌算命》，比如《送凤冠》或者《五女拜寿》，也释放《月光下的迪斯科》，或者《迟到》《热情的沙漠》。

没有人想过，一个懵懂的少年，曾经如此专注地听着一种声音，专注得像个神经病。

有一阵子，我写小小说写得像发疯似的。其中我写过一个小小说，叫作《戏魂》。写一个爱戏入魂的女人，随着戏班子走江湖，死后只要鼓点响起，她的躯体仍会死撑着上台演戏，没有人知道她已不在人间。去年的时候，我写了一本小说叫《秋风渡》，写一个从嵊州出来的女子招娣，觉得唱戏是十分美妙的一件事。她一有空闲就不停地唱，对着江河沟渠唱，对着天空唱，对着泥墙草棚唱，对着牛羊猪鸭唱。她不停地唱着，唱得附近四乡八邻的戏班主都登门来要招娣……我的另一本小说，叫《烟囱》，写到女主人公的丈夫被倒塌的墙压在了下面，她指甲都抠掉了就是挖不出人来。然后她就坐在地上唱，边唱边哭，唱着唱着，挖出一条腿。再唱着，又挖出另一条腿。这种声音里，许多生命完成了一生。

枯萎是必然的，无论是植物，还是我们，包括声音。

我还写过一篇散文，写了从黄村来的戏班：我站在蚕房门口，天正在一寸寸地黑下去。这时候一辆中型拖拉机开到了我的身边，下来一些漂亮的女人。我知道她们是黄村来的戏班，明天晚上蚕房门口的大操场上梁山伯和祝英台就要在这个丹桂房寒冷的冬天化蝶了。我帮他们搬戏箱，那么沉的戏箱里面一定是些五彩缤纷的戏衣。那天晚上那个叫王大麻子的班主请我喝酒，我们一共喝掉了八两白酒。王大麻子喝醉了，有女演员扶他去休息。我也喝醉了，女演员却谁都不愿过来扶我，她们在轻声地议论这个二十不到的年轻人老是喜欢帮人家干活，一定是个游手好闲喜欢蹭饭的人……

我写下的这些文字，不好不坏，不咸不淡，但是心态平和。因为那时候我一无所求，我只想写安宁的文字。现在我越来越浮躁，像一只找不到方向的随时会爆炸的二踢脚。我努力把自己关在家里，努力让自己平静，努力地沏茶，听雨，迎候朋友。写字的时候，我从网络音频里寻来越剧，越剧的声音就一直在我耳边回荡缠绕着。

在古新河边的红石板古旧市场，我买了一块红木做成的古董尺板，是戏班子里的乐师专用的。它躺在我小屋子的一张案几上，像一个刚出生的婴儿。我就想，有多少戏是用这块尺板给出的声音来做的伴奏。我把它放在我的玻璃屋里，有许多个漆黑的夜晚，我会站得笔直，打起尺板。我打得肯定是不专业的，我最多只能说是弄出一些声音来而已，但我沉浸在其中不能自拔。我最喜欢的是徐玉兰在《红楼梦》中的唱段《金玉良缘将我骗》，那声音仿佛是天上掉下来的大雁的一声哀鸣，有点儿高亢，也有些悲凉。

其实骗我们的岂止是良缘，不然人生又怎么能成为人生。在我喜欢的歌曲中，有一首是张国荣的《当爱已成往事》，音乐响起的时候，我知道我看到的是满地苍凉，一世浮华。

徐玉兰总是令我想起嵊县崇仁镇。那是一个被文气笼罩的小镇。我曾经在好友马炜的玉成下，在那个古旧得有些过分的小镇上盘桓过数日。站在某幢老宅的墙壁前，我看到了越剧十姐妹的照片。她们那么年轻，容光焕发，像一棵棵雨后的青菜。我相信我对美好的东西，总是过分地迷恋。在玉山公祠空无一人的戏台前，我久久伫立，因为我听到了越剧的声音从天而降。我的眼前，总是海市蜃楼般地浮起那些演员的身影，鼓点急促，越音开始在黄昏来临以前肆无忌惮地漫延。

我的父亲坐在家里的时候，会把两手搭在两条腿上，长时间地一动不动。他的头发早已稀疏，并且花白。他的红灯牌收音机，早就不知道在哪儿了。但是面对着电视屏幕，越剧的声音响起来的时候，他会用十二分的专注看那一出出曾经迷恋的旧戏。

人生和戏是一样的，转眼就是苍凉。

此刻，是进行中的漫长的黑夜，雨一直不肯停歇。除了雨声之外，我听到了不绝的越音，跫响空谷。我愿意见到的是树木与幽深的山谷，那声音被一种神秘的力量牵引着，一路向前。而那条林间小径上，留给我的是徐玉兰的背影，那么越剧，又那么烟火。

邬大勇《越音》

夜已经深不见底，关掉灯，请允许我抱着声音，一觉天明。

2016/04/19 02:16 初稿

2016/04/19 10:42 修改

2016/04/21 00:20 再改

李健：声音里的旷世爱情

李健说，人生不就是为情而来吗？

这是一个令人沉静的声音。此前我只知道演员李健，在《永不磨灭的番号》中饰演孙成海。此前我也不知道“水木年华”，不知道水木年华的创始人之一就是歌手李健。我是一个不安静的人，但有时候也会安静地看一下《我是歌手》。这是因为我觉得制片人把《我是歌手》的起伏和波澜，整得和电视剧剧情差不多。我卖文为生，当然需要研究一下。然后就发现了一个清瘦而干净的男人，他就那么沉稳地站在舞台中央，不紧不慢地说着冷笑话。他大概已经有四十岁了，沉稳应是对这个年龄的尊重，进退有余，不失尊贵与尊严，也不曾在任何人面前低过头。就是说他是那么一个人，安静时可以被遗忘，闪光时就是一颗最亮的星。而清瘦和干净，大概是一个男人的美德。

我和许多伙伴们，都因为人至中年而渐失了这样的美德（或者这是为运动太少而找的借口）。

这支粉丝自制的《假如爱有天意》MV，五分半钟的时长，堪称一部小电影。歌词中有这样的句式：有多少爱恋只能遥遥相望，就像月光洒下海面……

我没有去想李健和他的爱情；也没有想李健身边的女人，妻，友，经纪人及各色人等，个个都像锦缎一般气质华贵，夺人眼目；更没有去想，李健此后的星途会是什么样的。我只是在想，我们年产量那么巨大的电影中，为什么不可以有像这条短片一样的电影？

多年以前，我认真学习了哈金的小说《等待》，那种淡小的忧伤，以及细微的疼痛，大概都是爱情的组成部分。我们是注定不能重回青春的，不能重回十八岁那着火或者水蒸气一样的年龄的，我们回不到任何过去。所以我们必须在两鬓苍苍时，回忆我们的爱与恨，对与错，或者歌舞升平，或者天伦之乐。《等待》中，军医孔林苦等18年，在终于能与久久苦恋的情人结合的时候，却又失去了爱的激情。

2015年春天，我知道严歌苓的长篇小说《护士万红》

在《收获》发表。五十六野战医院护士万红奉命护理舍身救战士的连长张谷雨，张谷雨长期昏迷，但是万红坚信他能醒来。这大概也是一种等待。医院搬迁，张谷雨不便于搬迁，所以万红留了下来。这大概还是一种等待。最后在土地开发商的作用下，张连长的亲人决定接走他，在颠沛中张连长真正地离开了人间。而在这之前，一直恋着万红的军医，已黯然离去。这大概仍可称之为各不相同的等待，失败的等待。但是对于主人公万红而言，我坚信她的这种等待是幸福的。我也坚信严歌苓字里行间的爱意，是凡人俗人所不能理解的。爱着的人，可以热泪盈眶，而热泪盈眶何尝不是一种幸福。回到李健说过的那句话，人生不就是为情而来吗?

2015年春天，我偶尔地想到胡兰成当年战火频频的春天。胡兰成一生多爱，负心势利，但是仍难掩他蓬勃的才华。胡兰成和张爱玲之间当然有过春天，张爱玲还在战火纷飞时赶往了胡兰成避难的诸暨斯宅寻找他。穿越种种困难和危险的寻找，说白了不就是爱吗？我偶尔又想到了王映霞和郁达夫在风雨茅庐的春天，不管王映霞与许绍棣厅长，与戴笠戴老板之间到底发生了什么；不管王映霞当年光彩十里，呼朋唤友，怎么样地度着她短暂的风光人生；不管汪静之所说的她为戴老板打胎是否属实……只管她曾经侵略春天，曾经扎实地爱过。就想，这是不是排山倒海，是不是波涛汹涌，是不是郁达夫小气地进行着种种猜忌和落井下石地向公众宣布着王映霞的种种不是时，把王映霞的心冷了又冻了，反而推着王映霞一步步走进了浩荡的春风……

我在旧书网上见识过好几封民国年间的信函原件，是战火连年之时，一位丽水女子寄往重庆的信件。那么年轻而碧绿的她，与客居重庆的那位先生之间，又有着怎么样的丝丝缕缕的关系？

再听李健的声音，突然明白他在唱歌的时候不会在意观众，他是忘我的，他替所有人在歌声中爱着，才会把爱情演绎得痛彻延绵。之前，我其实是喜欢矫情地怀旧的，喜欢听20世纪七八十年代的老歌的。我无数次听过《万水千山总是情》，是汪明荃的声音。她成为我1982年记忆最强的构成部分，当时谢贤年轻，吕良伟年少，汪明荃像春天的油菜花开遍了原野。剧情中那些美丽的慢镜头，和这支粉丝剪辑成的《假如爱有天意》一样，告诉我爱情颠沛流离，转身满头白发。

李健声音里的旷世爱情，在电波里流传，而众生就此老去。

2015/04/06 11:31

黑陶夜谈

和黑陶夜谈，是一件快乐的事。

黑陶在父亲节的前一天，从无锡赶到杭州，第二天和我去上虞参加一个文学活动。他刚当上无锡的作协主席，好像让他接手《太湖》杂志。在文学期刊并不景气的今天，黑陶感到惶恐与害怕。他是我喜欢的散文家，我觉得他当主席并不是十分合适，他更合适的是安静地写他的文字。我知道他写过阿炳，也写过《泥与焰》，还写过《一千根柱子的房子》。我总是觉得，他在写的是南方的疼痛。

我们漫长而短暂的人生，就是由无数的疼痛，以及疼痛过后甜蜜的伤疤组成的。

和黑陶谈许多关于写作的话题。他十分从容，从容得有些小心翼翼，和他的年龄很相称。而我的年龄和行为是不相称的，步幅大行走快，焦躁，激动，喜欢迟到，喝酒总是过量，马虎……当然我也有优点，因为我正在渐渐老去，渐渐变得平和与从容。

黑陶的家乡多陶土，曾听他说过故乡是丁蜀镇。我是极喜欢“丁蜀”两字的，简单、新奇、古典，而且有十分淡的诗意。他说他是一块黑色的陶土，那我简直就是一朵浅黄的狗尾巴花。

难道我就此取名黄狗或者黄花？

和黑陶谈到的共同话题是阿炳，我对阿炳亦略知一二。我十分地喜欢着阿炳和他的雷尊殿，以及他在苏州“说新闻”时的架势。场子铺开，阿炳十分有气场地站到一张长条凳子上，开始说他的社会新闻。我同黑陶开玩笑称，其实我是想拍关于阿炳的电影的，但是避不开阿炳的烟花生活。阿炳喜欢这样的闹猛，胭脂，团扇，台门老酒，欲仙欲死的下午，以及女人的肚皮。

阿炳是一个可以也愿意死在女人肚皮上的人，所以他把琴才能拉得那么好。他简直是一个不折不扣的流氓，也是一个天才型的艺术家。他在江南的黛色之中，像一阵烟一样化去，仿佛没有来过烟波横行的尘世。

从黑陶住处步行回到我在莫干山路上的办公室，经过古新河，以及古新河边的夜色。突然想到我七年前来作协上班的情景，一晃又七年。再那么七年，我就毫不犹豫地老了。

真是杂乱无章的生活。

2014/06/15 01:51

黑陶短信

整整一天，读完《没有方向的河流》。完整了解了你的生活，被许多微小的细部深深打动！这是今年以来第一本完全读完的散文。记得你给上海妹妹回复的午夜短信：妹妹。问好田田，祝福我们的女儿！

黑陶

2014/06/21 16:46

关于黑陶，交往已久，却不太见面。因为我一直都装作繁忙的样子，所以每次相聚时，也不太有时间倾心交谈。此次在上虞采风，聊了许多关于散文的话题。我敬仰许多的散文家，但是也看到了许多散文家的局限性。当然，小说家也有许多的局限性。我在散文、小说和剧本中间游走的时候，看到了许多别人看不到的东西。我有时候觉得自己像个道士，道士其实是没有多少花头的，因为他既不是妖，也不是仙，他是个人。但他又好像有点儿神神叨叨之术。我是一个微微发胖的油光满面的落魄中年道士，行走在江南阡陌或者杭城的街头。

黑陶的文字无疑是我喜欢的那种。他的《泥与焰》，以及写我老家诸暨的《一千根柱子的房子》等等，曾经让我感受到文字的力量。但是与文字无关的是，我更欣赏他的为人，内敛、低调之外，他有一种天然的质朴，就像黑色的陶。有时候他甚至有点憨，他的憨与生俱来，生长成一种标识或者品质。

上虞的一个夜晚，黑陶用毛笔写下“丹桂房主人”这五个字送我，我会珍藏。但我知道，我都不是自己的主人，怎么可能担当得了丹桂房的主人。在我的心里，丹桂房就是整个国家，雨水葱茏，阳光普照，植物在呼啸着生长。反过来说，我又确实是丹桂房的主人，我的根深深扎在了那片土地。更让我深深感悟到的是，一个人的童年和少年记忆，对他的一生的影响，竟会如此深厚、绵长，刻骨铭心。

黑陶的短信温暖而妥帖，让无锡与杭州的距离分外渺小。此刻杭州落着连绵的雨，在电视剧本《花红花火》拍摄调整稿和《女管家》第八集之间的转换间隙，记之。

2014/06/22

电影是我们的另一种人生

许多年前我在诸暨新世纪小区某幢顶层的阁楼里看碟，我把自己关在那个狭小的空间，席地而坐。光线暗淡，所有的情节在暗夜里涌过来包围我，攻击我，感动我，刺杀我……我想，我年轻的吊儿郎当的青春也因此变得丰满起来。那时候我三十出头理想尚存，一边在报社里当一名合格的记者，在阳光和雨阵密布的江南四处行走，一边打了鸡血似的写小说看电影，关起门来扎进那个虚无而精彩的世界。其时所谓的家庭影院盛行，至今我仍然保留着许多已看或者未看的碟片。在这个刚刚下过一场春雪的初春时分，重新收拾这些碟片的时候，觉得这一堆花花绿绿的光盘，几乎成了对一个时代的纪念。

我的青春就那样一去不复返了。

大约从三十五岁开始，我的时光变得飞快起来。据说有这么一个理论，你把时间安排得越满，你会感觉到时光过得越快。现在想来有一定的道理，这让我想起漫长虚无的童年和少年。那时候我愉快地虚度光阴，在充满希望的田野里插秧割稻，上山打柴下河捕鱼，在“丹桂房村青年民兵之家”疯狂地打乒乓，翻破书，看电视，进行最简单的文化活动。从少年时期的露天电影，再到录像厅，到家庭影院，再到现在从网络上可以看到许多电影……世界像一张旋转的光盘，转速快得令你差点发疯。人到中年，多年以后当我频繁出现在杭州西城广场电影院的时候，心中涌起了阵阵悲凉。现在的观众年轻得几乎连年轻都算不上，我在他们的眼里，相当于一个八十岁的老人。我想，原来我是在电影中老去……

电影其实是我们的另一种人生。所有的剧情和悲喜，和我们的人生大抵相似。电影也是最接近于小说的一种艺术，她之所以辽阔是因为，我们在某一本小说掩卷的时候思绪不平，和我们在电影院里看完最后一行字幕，仍然呆呆坐着沉湎其中，是一种虽然不同但十分近似的阅读体验。

终于有一天，我们会用尽一生，写下“剧终”两字。

2015/03/07 11:45

常青《另一种人生》

案情之外的隐秘爱情

接触东野圭吾的作品是这几年的事。好些年前，我装模作样地沉湎于谍战小说创作中不能自拔，而推理和我热衷创作的谍战其实是异曲同工的两兄弟。如果一定要说出东野先生的代表作的话，我第一想说的不是有口皆碑的《白夜行》，而是《嫌疑人X的献身》。尽管我们在书中看到了逻辑严密和层层递进，但是那隐秘而美好，令人战栗又心动的案与情的糅合，让我明白，我们更离不开的是对人性的深层次挖掘与探究。

我相信东野圭吾是“案中情爱”的高手。我们以为被案情所吸引，事实上是，我们更被案情背后的复杂人性所吸引。我一向以为，正常的情爱是玫瑰，而案情之外的隐秘爱情是有毒的罂粟。

阳光下，罂粟大片盛开，所有的情感都在各自恣意生长。

在《嫌疑人X的献身》里，男主角石神在得知爱慕对象花冈靖子失手杀了纠缠不休的前夫后，展开了一系列的设计和布局帮她脱罪。花冈靖子曾对前夫表现得无比忍让和软弱，她有失手杀人后的六神无主，更有为了保护女儿的坚强和韧性，还有知道了石神的真正意图后内心的深深愧疚。所以，她其实是真实存活于尘世的一株坚强的木棉。我们无法对其进行严厉的谴责，更多的是同情和惋惜，并与之一起悲喜。我们甚至隐隐盼望着石神能为她开脱罪名。

这就是人性的复杂与美。我们深深为之迷醉，欲罢不能。

《嫌疑人X的献身》完成了东野圭吾对人性窥究的执着，书中人物之间热烈而隐忍的感情，把我深深地拽进这个气氛的无限中。事实上，一切潜伏都是人性的潜伏，一切推理都将是人性的呈现。而正是这种对人性中无限深广的纠结、虐情、复杂、幽暗又迷乱的无限探究，让我对推理与谍战小说心心念念、欲罢不能，并由之开启接下来的推理小说《线人》与《苏州河》的创作。

东野圭吾说，这世上有两样东西不可直视，一是太阳，二是人心。是的，一念天堂一念地狱，永远不要试探彼此深不可测的人性，只求心存善念，世间美好。

我在《嫌疑人X的献身》中，看到了野花一样绚烂开放的人性之美，并为之心生欢喜。

2016/02/04 21:41

在初夏向杨绛先生的背影鞠躬

多年以前，我读《围城》，晓得了作者是钱锺书先生。那时候我是文学青年，或者少年。多年以后，我读《我们仨》，晓得了杨绛先生家事，熟知了圆圆。那时候我已为人父，对于一个家庭的破碎与离散，多少会有一些感慨。两册书一直竖在我的书架上，她们像文静的植物，和其他书是不一样的。其他书有雅致、通达，但也有通俗，有张狂，有色彩艳丽，以及温婉，乏味，或者精彩，如此种种，各有千秋。它们是抛光的，而这两册书是亚光的。无论生活还是艺术，我都欢喜亚光的。

初夏，杨绛先生离开我们了，离开了这个纷繁复杂的世界。她讲，我和谁都不争，和谁我都不屑，我爱大自然，其次是艺术，我烤着生命之火取暖，火萎了，我也准备走了……

邬大勇《杨绛和钱锺书》

杨先生通晓英语、法语、西班牙语，由她翻译的《堂吉诃德》被公认为最优秀的翻译佳作。换一种说法就是，她是才女。我对有才的人一向仰慕，包括钱先生的《围城》改为电视剧的时候，上虞春晖中学那幢作为场景的旧楼前，我也曾久久伫立过。我想看见方鸿渐走过的身影。所以讲，杨先生家在这个俗世里，是一种奇特的存在。明明有才，但却永远不在名利场里打滚。杨先生自己也讲，我们这个家，很朴素。我觉得他们一家人，一定要说像什么，他们家像一棵青菜，或者是在清澈溪水里的绿色水草。安静无声，与世无争，更重要的是：干净。

干净是不容易做到的。干净的人生更不容易。

杨先生曾经讲，世界是自己的，与他人毫无关系。我当然晓得，时间仍将继续，世界依然精彩。微信朋友圈里铺天盖地地为杨先生送行，几天后会被别的任何代替。我在办公室的沙发上坐了片刻，喝茶，看窗外白晃晃的光，听到有汽车的声音和各种杂音混合在一起。我打定主意，觉得有必要再次翻出《围城》和《我们仨》来读一读，算是一种告别。我正在上高中的女儿也热爱着世界上一些美好的文字，所以我给她发了一条短信：杨绛先生大去，请在初夏向杨绛先生的背影鞠躬。

然后，黄昏已至。世事继续绵延，永无止境。

2016/05/25 17:21

贰

编剧这个行当

我愿意是一只麻雀
——中篇小说《麻雀》创作谈

1. 1986年我已经初中毕业了。热气腾腾的冬天，我手持一杆气枪，穿着从村里退伍军人蔡建昌那儿买来的旧军装，像侦察兵一样出现在一棵棵掉光了树叶的树边。成群的麻雀装出不怕冷的样子，在天空中像一粒粒横飞的子弹，最后落在颤悠悠的树枝上。我举起气枪瞄准，铅弹无力地穿过寒冷的空气，击落麻雀。一只麻雀落地的同时，总会有一群麻雀惊惶地逃离一棵萧瑟的树。1986年冬天，多么萧瑟的少年在多么萧瑟的光景里滥杀无辜。

2. 有一阵子，我开始对上海着迷。上海是一座距离杭州太近的城市，在1980年代，有好多年的暑假我都在上海度过。我生活在上海杨浦区龙江路75弄12号，那个地域的人们来自四面八方，有绍兴、宁波，大部分来自江苏北部。我能听懂上海话，也可以用上海话和当地人进行简单的对话。多年以后我才发现，我所了解的烟火生活，只是上海特别浅特别表层的一面。我经常骑自行车穿过外白渡桥，然后让自己站在外滩边上，像是去视察一样，呆呆地看那些江面上的轮船。那些运货的驳船，像一条接一条的带鱼一样，用力地发出柴油机的声音，穿过苏州河。1949年，黄浦江面上的轮船曾经穿过浓重的雾，疯狂地往台湾运送大批财物。在许多的那个年代留下的资料里，我突然发现上海应该有一些别的名字，比如歌舞升平，比如恩怨情仇。我觉得我应该喜欢《上海滩》的歌词，浪奔，浪流，万里滔滔江水永不休……

3. 浪奔浪流里，我发现了一个特殊的时期，就是汪伪政权时期。那是一个特别奇怪的年代，是一个漂浮着的年代，也是上海的“孤岛”时期。这个年代和我现在身处的焦虑的时代，略有相同之处。尽管日军已经完全掌控了这座城市，但是沦陷后的上海仍然有着她沧桑的美丽。精致的呢子大衣，旋转的舞厅，高档的咖啡馆，如此等等，有人的地方就有欢娱。我觉得那时候的人们，每个人的故事都是一场电影。那时候的麻雀也是，它们栖在屋檐上的时候，一定望着这座沧桑而繁华的城市百感交集。

邬大勇《上海是个滩》

4. 之所以虚构了《麻雀》，是因为觉得男主角陈深，像一只文雅的麻雀。他已经有点儿老了，至少他的年龄在迅速地向中年靠拢。中年总是一个不再生猛的年龄，像温开水一样的年龄。陈深和那个热血的年代里成千上万的人一样，无比忠诚，具有信仰；敢爱，爱得从容；敢死，死得从容。种种真实的比影视剧更精彩的资料，让我一点也不怀疑那个时代的革命。我也愿意是一只麻雀，和所有热血沸腾的年轻的麻雀一样，组成成群结队的青春。它们在上海的低空飞行，铺天盖地，最后热闹而孤独地老去。

5. 我真愿意是一只有温度的麻雀。

2013/08/26 晚

很想自问，你这是要跟自己过不去，还是要与文学瓜葛到最后的时光？……

麻雀起飞，随记点滴

有一个人，在十岁的时候开始学习舞蹈。有没有吃过苦，我不知道。

有一个人，在距今十年前出演了《别了，温哥华》中的角色。那时候我差不多看了全剧，知道温哥华真好，青春真好。那时候我在杭城漂泊，像一只不知道方向的麻雀。

有一个人，在距今五年前主演了《来不及说我爱你》。其实这个世界上，对于生命个体而言，来得及的事情很少。因为来不及，所以才美丽。

有一个人，在一年前主演了《大丈夫》，在2015年，又主演了《毕业歌》。她说，其实我很欣赏你。她还说，我从来不是一个人。她又说，那条路上的邮递员，是我们的人。记住，你的代号是023。当然，她不是对我说的，她是对陈深说的。

她叫李小冉。2015，成群结队的麻雀，即将集结，海啦啦地起飞……

2015/06/17 10:20

麻雀起飞，再记点滴

他已经有了十年的影视表演经历，从《玉卿嫂》开始。

他出演过《娘要嫁人》，一个公交车司机。也出演过《红色》，一个小会计徐天。但是徐天有推理天才，简直是一个民国年间的徐洛克。留给我最深的印象是，片头中他拎着一条鱼，行走在上海的街头。然后他抬头看了看天……

而其实，那个年代所有的上海天空，是一样的。有时候清朗，有时候诡异，有时候被火药硝烟所遮蔽。上海的天空令人着迷，那是一个盛开着故事的地域。因为，黄浦江和苏州河在此交汇，就算不是江湖，那也一定是奔腾的江河。

他是一个内敛与沉稳的人，在年轻演员中很少见。我比较欣赏慢，那种暗流涌动，那种温雅与残酷，只会在慢中更牵人心。所以私下里以为，他的戏路会比较宽，我猜想他是能演英雄的，当然，也一定是能演奸雄的。所谓汪洋恣肆，所谓收放自如……

他在剧中，会用鹰一样的眼睛，紧盯着成群结队的麻雀。

他现在叫张鲁一。张飞的张，鲁班的鲁，一二三的一。

他以后也叫张鲁一，张鲁一的张，张鲁一的鲁，张鲁一的一。

2015/06/18 16:26

麻雀起飞，又记点滴

许多时候，麻雀都会选择在低空飞行。

所谓一切皆有天意，凡事都讲缘分。《麻雀》发表于《人民文学》已近两年，什么时候成为影视剧？此刻是最好的时间。各色人等，哪些会聚在一起，都是注定。所谓水到渠成。

编剧其实只是一个秋天的说书人，穿着陈旧的洗得泛白的长衫，在晒谷场上，或者茶楼，将醒木拍响。说《麻雀》，也说《秋风渡》，还说《长亭镇》，或说《捕风者》……

今天要说的是，《雪豹》中的刘志辉，是雅痞也是型男；《黑狐》中的方天翼，把感情当信仰，快意恩仇。在《麻雀》中，他又会是什么模样？是贵气逼人却又深陷情感旋涡；是刀尖上行走，同样的心怀理想与家国梦想……

他叫张若昀，年轻得令人羡慕，星途坦荡，一切都在等着他。而背后，我能想见他的汗水与付出。这个世界会把所有的精彩，给做好了一切准备的人。在《麻雀》里，他必须沉稳中有张扬，压抑中有痴爱，从容走向刀尖与枪口……

许多时候，麻雀仍然会选择在低空飞行。

2015/06/22 23:25

麻雀起飞，仍记点滴

潮湿而闷热的7月如期而至，在萧山一座农庄别墅的三楼窗台，我看到不时有被雨淋湿的麻雀降临，整理羽毛，然后离去。来来去去之间，就是一生。

而我在此居留一周，码字，在想象中的民国天空，窥望那个年代的麻雀。然后有一个女子的身影款款显现，出现在上海街头的某棵法桐树下，穿大衣，静得像另一棵树。

从《山楂树之恋》开始，转身之间，她年轻的身影不小心出现在极司菲尔路上，兜兜转转，身陷一场惊心动魄的暗战中。她是属于旧上海繁华与柔美的那个部分的，用矜持和清醒压制住整个内心的期待与热爱，完成人们对于那个年代老上海美人的一切构思，爱恨情仇，风华绝代，以及大义凛然。

18岁，她是老谋子眼中的那汪清泉，是电影《山楂树之恋》中的静秋，是西班牙巴利亚多利德国际电影节最佳女演员。她年轻得就像一根长满了鲜刺的青瓜，人生仿佛才刚刚起步，却已尝到世间的荣华。

23岁，她大学毕业，已经是一个老演员了。但是青涩褪尽，她的演艺人生是另外一种起步。汪伪特务机关，每一寸空气中都是陷阱，每一个笑容背后都布满杀机。和她本人一样，剧中人有一个华丽的转身，最终步步为营，最终脱胎换骨，最终如电闪雷鸣中的一道光。

她也是麻雀之一，从容飞临，低而稳健，轻而久远。

她是静秋，是周小栀，是周丽娟，是周，冬，雨。

2015/07/17 22:31

麻雀起飞，还记点滴

今天要迎来的，是麻雀群里最叽叽喳喳和敏感坚韧的那只。她留给周遭玩世不恭的笑容，却把最决绝的背影当作自己唯一的出路。那种深藏不露，那种稳当的把握感，让你认定这一定是内心无比坚定和辽阔的人，没有人知道她曾在心里满满地装下了那个爱理发的人，把她当兄弟的人，可以对她吆三喝四的人。所谓，一切爱皆有因，我愿意放我到最低。

那么请允许她用酒杯和舞姿轻轻抹过所有尘世印痕，不留丝毫。

做欣荣格格的时候，琼瑶说她没有一场废戏。做姚莫愁的时候，她已经拥有驾轻就熟的表演功力。然后2015年海啦啦的8月，她要做一回低空飞行的麻雀，穿梭于旧上海危机重重的灯红酒绿中，或轻佻、或摇曳的假象下，剑拔弩张的殊死较量中。

她是阚清子。在本剧中，她是一个演员，她要去演的仍是一个演员，演那个那么敢爱，爱得热烈，那么敢死，死得从容的铮铮女子。民国上海滩，因此而生动。

麻雀会选择在低空飞行，飞得决绝而荡气回肠，缠绵而爱恨交加。

岁月无痕，麻雀依旧。

2015/07/23 01:40

《麻雀》进程
——致千乘影视周总及诸位战友

1．毕忠良用火车押送“宰相”，最主要的原因是：他并不想风平浪静地将“宰相”平安送达南京，恰恰是希望给中共机会来营救“宰相”。这在剧本中都有体现。如果用火车押送，火车上可能混入中共，反而更能验证陈深是否为中共。而且火车上更能展开戏份。一辆小车押送也成立，大篷车押送也成立，但戏很难展开，也不会有精彩的情节。如果不是考虑成本的话，火车戏需保留，而且我觉得会有质感。即便是现今押送人犯，也是需要坐飞机、坐火车的。尽管那时候上海至南京是近的，但那时候的交通，应该也是不方便的。

2．关于“宰相”为什么能从火车上下来，一切都是陈深的预谋。陈深就是想要营救“宰相”，所以让人炸塌前方铁轨边山体，让火车无法通行。然后以火车停在此处，增加危险系数为由，带着“宰相”下车。其实他要想方设法救走嫂子，而嫂子也会选择牺牲，来引导陈深：潜伏！潜伏！

陈深的信仰，由此渐进，也符合人物的性格。

3. 过几天我将从第1集开始调整前面的剧集，主要是加入影佐和日本人的戏。这也是周总的意思，认为需要有抗日表现。我会重发一稿最新的，不影响统筹工作吧？可以改的话我就动手了。此条请回复。

4. 现在的分集大纲是42集，而且拍摄日期日近。我完成稿件的计划，也是匀速推进的。如果我再写满了剧本，可能会拖了拍摄进程。所以建议把以下几集内容删除，就是金钱豹出现在上海的情节。他是被惩处的，当然也有点儿惊心动魄。但我想相对苏三省来说，他只是小儿科的，所以删除无妨，不影响整体剧情。请酌。

麻雀后续删改情节如下：

原30集中的以下内容删除。因为26—27集有做改动，在当时陈深已识破盗得的“归零计划”其实为假，此处已无须生发。

毕忠良回想起之前陶大春逃脱之事，猜测是否唐山海已让陶大春将假“归零计划”送回了重庆。虽然在那份假“归零计划”中并未明确写出特训基地地点，但根据字母和数字，可大概推断出地区及范围。代码KS，即为昆山。计划中还写有，第二批毕业学成的特工将于半月后毕业，接受汪伪高层的秘密指派，并被派往重庆、延安，计划再次潜入国民党军和新四军内部。毕忠良认为，只要国共双方有一方拿到了这份假计划，并推断出基地地址，必定会设法破坏这次毕业典礼。毕忠良这时再将计就计，诱捕国共特工。

毕忠良向李士群汇报后，获得了李士群的默许和日本人的格外支持，另拨一批人手供毕忠良调派。毕忠良对陈深说自己将被临时调往南京接受培训，向行动队所有人隐瞒了此事。在此陈深回想到“归零计划”中的二期汪伪特工毕业时间，怀疑毕忠良正是为此事而去。

此时徐碧城得到重庆的消息，称军统组织已经根据唐山海之前送回的“归零计划”查知秘密特工基地极可能在昆山，计划于近日确定具体方位并设法捣毁。他立刻将此事通过邮筒向上级汇报。“医生”很快回复，上级认为军统的推测有可能是正确的，而且根据之前送回的情报名单，发现队伍中有与名单姓名相同者，只是加入组织的时间与第一期毕业时间不同，要求陈深尽快查实“归零计划”的真实性。

陈深套问刘兰芝后，得知毕忠良的去向果然实为昆山。而意外得知日军也派出一支精锐士兵供毕忠良调遣，陈深当即做出判断，认为昆山基地极有可能并不存在，即使存在，这个所谓的毕业典礼也极有可能是个圈套。陈深立刻通过邮筒向“医生”汇报了自己的推断。

李小男及时将这一情况通知上级，取消了行动。同时陈深让徐碧城将这一情报告知陶大春，陶大春亦迅速向重庆汇报。军统特工最终在落入圈套前一刻鸣金收兵，毫发无伤。毕忠良没有等到上钩的国共特工，失望而归。按兵不动的军统特工目睹大批日军自百姓服装换装日本军服后从昆山撤离，不由得暗自侥幸。而毕忠良和李士群因此遭到了日本梅机关负责人的痛批。

至此几乎可以确认，之前唐山海等人冒死得到的“归零计划”为假。

原38—39集大纲内容删除，38集开头改为戴笠找到金钱豹后即将其铲除，黄志忠的戏就基本没了。可直接在苏三省死后，接陈深最终寻获“归零计划”的戏。

第38集

重庆根据徐碧城发回的电报，按《茶花女》破解了密码，并锁定了重庆军统中的汪伪卧底，代号“金钱豹”的黄志忠。此人曾经称病休养过一年，时间恰好与“归零计划”第一期特训班时间一致，几乎可以断定，黄志忠就是“归零计划”中的一员。戴笠随即下令抓捕“金钱豹”，却被黄志忠敏锐发觉后匆忙逃脱，直奔上海投奔了毕忠良。

毕忠良将黄志忠引见给李士群，给他在行动队谋了个副队长职务。徐碧城此时从重庆得到消息，黄志忠逃跑时带走了国民政府的一份绝密文件《长江作战计划》。这份计划的核心是在抗日战争即将取得胜利之前，加紧遏制共产党力量，计划准备制造暗杀日本侨民事件，并将此事栽赃给共产党，以引起国际舆论对共产党的不满，并使得国际捐助款落入国民党之手。黄志忠逃跑前留下书信，称万一军统对他赶尽杀绝，会有一封密信被发往上海各大报社，他会让国民党这一计划成为众人皆知的爆炸性新闻。陶大春认为，因为事关对付中共，这份计划的存在必须对陈深保密。但陈深是目前最容易接近黄志忠的人，对于要不要瞒着陈深并利用他找到《长江作战计划》，陶大春与徐碧城产生了分歧。陶大春一直暗恋着徐碧城，不满徐碧城对陈深感情用事，认为身为军统特工，应以党国利益为先。徐碧城却认为陈深屡次舍命相助，不该对他隐瞒真相。陶大春让徐碧城想想，唐山海相当于间接死在黄志忠手上，只有拿到《长江作战计划》，才能杀掉黄志忠，为唐山海报仇。仅凭徐碧城与陶大春的力量，可能很难成功，而只有将《长江作战计划》详情向陈深隐瞒，并利用陈深的力量找回《长江作战计划》，才是唯一的办法。徐碧城最终妥协。

徐碧城认为，黄志忠一定是将《长江作战计划》交给了十分信任之人，并约定万一自己被害即将此计划公告天下。要破黄志忠的保命计，就必须找到他的心腹。不久陈深发现陶大春和徐碧城都在暗中跟踪黄志忠，而一名汪伪特工看到了徐碧城，竟将她逼至一条死胡同要带她回去向毕忠良邀功。所幸陈深及时赶到杀死特工，而徐碧城亦受伤倒地。陈深为徐碧城担忧不已，但徐碧城却含糊其词。陈深在想徐碧城到底在执行什么行动不能让自己知道。

同时，陈深发现陶大春在跟踪与黄志忠相好的交际花月姣，黄经常奉上贵重物品，由月姣放入一只银行保险柜。但他的跟踪却险些落入黄志忠圈套，陈深在关键时刻阻止陶大春行动，助其躲过一劫。陶大春假称军统命他找回黄志忠盗走的重要军械图纸，陈深凭直觉认为陶大春在说谎，黄志忠手上一定有军统想要拿到的重要东西，而且既然徐碧城和陶大春都在瞒他，陈深猜想或许是对中共不利的情报，可那到底是份什么样的情报呢？

陈深故意接近黄志忠，与他喝酒时旁敲侧击，询问黄志忠如何看待国共合作。黄志忠酒后狂言，称国共早晚要打内战，就因为自己掌握真凭实据，戴笠怕他公之于众才不敢杀他。陈深据此推测，黄志忠或有一份国民党内战计划在手。

陈深装作相信陶大春他们想要的是军械图纸，与陶大春通力合作，重金买通月姣的保姆，最终得知银行保险箱只是烟幕弹，“图纸”实际藏在月姣房间的房梁上。陈深负责缠住黄志忠，陶大春负责潜入月姣房中盗取“图纸”，可陶大春从房梁上找到的，却是一叠抗日宣传材料。

第39集

原来陈深早早灌醉了黄志忠，在陶大春之前拿到了房梁上的东西。那并不是什么军械图纸，而是国民党的一份绝密文件《长江作战计划》。得知国民党在暗中策划暗杀日本侨民事件以抹黑中共，他明白了为何徐碧城一直对自己隐瞒真相。

不出陈深所料，徐碧城很快找到了他，徐碧城向他坦白了一切。陈深问徐碧城，最近一直刻意逃避他是否就是因为这个。徐碧城缓缓靠近陈深怀里，但陈深却感觉到枪口抵在他腰间。徐碧城说，他们双方的信仰不同，而为了唐山海，她必须要更加坚定她的信仰，她必须拿到《长江作战计划》，同时不能让这份计划被中共得到。陈深看见徐碧城扣着扳机的手指在颤抖，他劝说徐碧城认清国民党同室操戈的真面目，转投中共阵营。徐碧城却觉得中共实力不济，将来内战必败，反劝陈深重归党国怀抱。陈深这才说出，当日自己与徐碧城送去南京的中共囚犯沈秋霞，其实是自己的妻子。中共有很多像沈秋霞一样，甘愿牺牲自己救国救民的同志，这是国民党远不能及的钢铁意志。仅凭这一点，他认为中共一定会越来越得民心。徐碧城深受震动，终于放下了枪。然而早知徐碧城下不了手的陶大春等候在门外，突然冲进来向陈深下手，徐碧城匆忙掩护陈深逃离，自己却被陶大春误伤。

陈深明白，如果自己将《长江作战计划》公之于众，徐碧城很可能被军统诛杀。他决定通过邮筒汇报给组织，请组织保持高度警惕，自己会在带着徐碧城远走高飞后，再公布《长江作战计划》详情。同时他主动找到陶大春，将复制后的《长江作战计划》交给了他，称自己为了徐碧城，愿意保守秘密，并助陶大春最终铲除黄志忠。

抗日形势的逐渐扭转，以及一桩桩不利的事件，行动队内部渐渐人心涣散起来，毕忠良想借自己四十五岁的生日宴，重振行动队士气。在晚宴上，毕忠良慷慨陈词，憧憬着中日合作的美好未来，赢得阵阵掌声。可底下却有人在悄悄议论，说毕忠良早就在筹划着要逃往国外了。

而此时，陶大春在陈深的掩护下，装扮成服务员进入了酒店。陈深看到黄志忠似乎对一名年轻貌美的女子很有好感，两人频频眉来眼去的。陈深走到黄志忠身边悄悄对他说，那个女的让他传话想约他在厨房后面见个面，黄志忠欣然前往。陶大春此时已等在那里。

晚宴进行到最后一个环节，毕忠良亲手切开十层的生日大蛋糕分与众人。大家一口口吃着蛋糕，无人察觉异样。这时毕忠良咬了一口蛋糕却发现异物，吐出一看，竟是一枚戒指。有人认出那正是黄志忠所戴的那枚特大金戒指。此时厨房内传来厨娘的尖叫，毕忠良明白，黄志忠一定遭到了不测。《祝你生日快乐》的音乐还盘旋在大厅，陈深此时第一次从毕忠良的眼睛中看到了恐惧。

而月姣找到毕忠良和影佐，带他们到自己房间，哭哭啼啼地从房梁上取下《长江作战计划》欲公开时，却发现里面是一叠大骂日本人的宣传材料。至此军统再下一城，汪伪再遭重创。

2015/06/22 02:24

《麻雀》剧本之徐碧城结局的再沟通

周总并祝总：

我考虑了一下，还是建议在结局时不要让徐碧城去延安。原本终于排除万难可以一起远走高飞的一对恋人，却再次失之交臂，陈深的生死未卜、徐碧城的肝肠寸断都会更让人唏嘘。然后，徐碧城在军统阵营中成长了，但却无意之中成为陈深最强劲的对手。这样的结局也更符合当时的时代背景，战争时代几乎很难有大团圆结局。《潜伏》《悬崖》《黎明之前》无一例外是以悲剧结尾。我仍记得《潜伏》结局：翠平抱着孩子在山村里翘首盼望永远不可能再归来的余则成。而他们临别时余则成学鸡叫的那一幕更是令人感慨唏嘘。“不圆满剧情”的感染力显然更强些。

此外，我方人员引领着敌方人员奔向革命，几乎千篇一律。但是精品剧是不用这个套路的。我依然记得，《暗算》有一个特别小说化的结尾。垂垂老矣的柳云龙，看到一个剧组在拍戏，年轻英俊的军官柳云龙，坐上了黄包车，边上是摄像机和剧组人员。老年柳云龙仿佛看到了他的从前……小说化结尾，《潜伏》《悬崖》莫不如是。

我们再来讨论一下我们的主旋律需求：1.“宰相”可以经常在剧中显现一个背影，她已经成为陈深精神与信仰的引领者；2.“宰相”可以在延安出现，一个教导队的女干部，甚至在教女学员们唱《延安之歌》；3. 我认为最后一场戏，“青羊”是可以仍然来和陈深接头的，她是更年轻的麻雀，“宰相”也可以再次出现，她甚至是一名女服务员（当然不是牺牲的那个“宰相”）；4. 加强陈深对党的信仰，以及他一直在影响着别人，比如影响“青羊”，比如在延安的那种革命氛围，比如李小男的壮怀激烈……

而其实，剧情中徐碧城不是未受革命引领，而是已经和陈深约好，投奔延安。是毕忠良堵住了陈深，使陈深没法和徐碧城会合，而陶大春恰恰救走了徐碧城……

总之，特别希望有这么一个开放式的结局。无论是从续集是否有可能延续，还是从整个剧情的圆润合理，都需要徐碧城成为陈深的对立面。《悬崖2》即将上马，据说是陈道明主演。《麻雀2》也不是没有可能。但《悬崖》中周乙已经牺牲，《悬崖2》据说是《悬崖》前传。

再加上，小说为什么这样顺势就写出了这个结局，必定是有原因的，也是最合乎情理最有感染力的。以上是我的意见，候周总、祝总的回复。

2015/07/14 18:16

《麻雀》开机前，编剧海飞致全体主创

我想先说一说为什么会有《麻雀》。首先我喜欢“麻雀”这个名词，尽管麻雀在飞禽中是属于普通得不能再普通的一种，但是我觉得“麻雀”两字里，蕴含着无限的可能性。在我眼里，一切潜伏都将是人性的潜伏，我必须找到一种不起眼却暗流涌动的符号，那么“麻雀”最贴切。然后我想做的是一部烧脑戏，步步为营、惊心动魄，主人公分分秒秒都命悬一线，一定要有那种绝壁之上走钢丝的味道。于是在两年多前，先有了一部发表于《人民文学》上的中篇小说《麻雀》，接着有了现在大家手上的这个剧本。而我心中所想的是，这个剧需要经得住时间的检验，那么前提就是两个字：品质。

我们先来说一说《麻雀》的故事背景。《麻雀》发生在1940年左右，整个故事的时间跨度不超过一年。其时日军已经占领上海，76号汪伪特工总部应运而生。什么叫特工总部，就是伪政府特工部队的首脑机关，相当于蒋氏政府设在重庆的军统和中统。那时候的上海，战争已经停息，但是仍然可以听到零落的枪声。当然，各色人等都在有序生活，电车在运行，工厂仍在开工，商店也照常营业。那些歌舞厅、剧院、大戏院等公共场所，仍然是顾客盈门的。这是一个战乱的时代，也是一个盛产各种故事的时代。当时上海的繁华程度，和现在相比毫不逊色。

当时日本设立了四个特务机关，分别是特高课、梅机关、竹机关和岩井公馆。上海著名的76号汪伪特工总部，因坐落于极司菲尔路76号而得名，隶属于梅机关。梅机关的机关长是一位日本少将，名叫影佐祯昭，他还派了一个日本宪兵涩谷小队入驻76号，一是监视76号特工动向，二是协助76号头子李士群、丁默邨开展工作（剧中已合并为李默群）。所以在剧中，影佐和涩谷用的是真名。那么76号是一个什么样的机构？我们一般会认为，这仅是一个特务机关。其实76号是一个庞大的机构，全称“国民党中央执行委员会特务委员会特工总部”。除了特务工作（总务、情报、警卫队、指纹股、行动队等）以外，他们是有学校、工厂、航运公司、“救国军”、银行等实体和武装力量的。所以76号其实体量庞大，财力雄厚，说白了有点儿像集团公司。而我们故事的发生地，是76号下属的一个单位：行动处。真实的地址应是极司菲尔路55号，也就是说和总部相距不远。这个特工总部的人员组成，差不多都是国共投诚分子、地痞流氓、黑帮混混、旧军人……大部分是在道上混过的人。著名的电影《色戒》，故事发生地就是在这个76号中。数年前的电视剧《旗袍》，发生地仍然是在这个76号。而我们的《麻雀》，故事发生地是76号下属举足轻重的一个部门。既把单位放小，又选定以行动谍战为主的这么一个分支机构，这会给剧本创作提供更大的自由度。

我们再来说说，编剧眼中这应该是一部怎么样的剧。首先应是高度还原上海生活。我本人对上海十分有好感，因为不管是过去，现在，还是将来，上海永远是一个最适合发生故事的地方。因为上海有黄浦江，还有和黄浦江交汇的苏州河，所谓大江大河，浪里有多少的恩怨情仇。从我们现在能看到的《上海滩》《刀锋1937》等剧中，我们就可以感受到。呢子大衣，歌舞厅，叮叮响着的电车，哐当当响着的电梯，黄包车和小汽车夹杂在人群车流中，西餐厅不输现在的堂皇与雅丽，以及赛马场、球场、影剧院等时尚场所……我们的场景不需要设置这些，但是我们在制作、拍摄、演出的过程中，每个人心中就是要装着那么一个陈旧而华丽的上海。而更进一步，如果我们着眼细节去打造一部剧，那么弄堂里其实是会隐隐地响起“栀子花，白兰花，五分洋钿买一朵”的叫卖声的，这样的声音是约定俗成的，也许网上也能搜得到这样的音频。所有的一切，会构成一种考究的“腔调”，这也恰恰是上海人最讲究的地方。

上海鱼龙混杂，是一个巨大的移民城市，尤以江浙人为多。而烟熏火燎的生活，是最真实的彼时人间。仔细看旧上海照片，会发现弄堂里，一根竹竿横跨弄堂两边，其实是有人在晒着棉被或衣服的……

其次，必须展现惊心动魄的暗战。说到底，无论我们给这个剧设定什么样的地理环境和时代背景，我们要做的仍然是一部谍战剧。好的谍战剧，要的是心理紧张，而不是枪声大作，即所谓的含而不发。比如各种用刑以后血肉模糊的惨状，远不如在走廊上听到撕心裂肺的叫声来得让人心惊。比如主人公面临危机时的种种考验，必须在瞬间去化解，说白了是一场场智力大比拼，说白了也是一场场的闯关游戏。特别要说的是，两难是最令人纠结的。在以往的种种谍战剧中，我们总是忽略了“难”的程度，所有主人公面临的问题，总会轻易地迎刃而解。这是一种不负责任的做法，是一种自我放低的做法。如果往左走，危险，往右走，是另一种危险，而停步或退步走，是更大的危险，这时候主人公要怎么走？那么这样的剧，才会是观众需要的。打个比方，走过场的做法是你躲到窗帘后面都能躲过敌人的追查，而两难是你想躲到窗帘后，但实际上窗帘后已经有一支枪对准了你。你是躲进窗帘，还是不躲进窗帘？……所以，只有整个剧的行进过程中，都处处暗伏着重重危机，而且危险在不停地升级，慢慢到达全剧的最高潮，这样的剧才是完整的，符合创作逻辑的。在本剧中，设置了种种压力、悬念和两难的境地，而且不仅仅是针对男一陈深设置，比如唐山海、毕忠良也会面对压力。同时，毕忠良的力量也是强大的，只有他的力量强大，才能显现出对手陈深的更强大。换言之，这是等量级的较量，类似于一只狼杀死一只兔子是不稀奇的，而一只狼想要在豹的鼻子底下完成任务，这才是我们想要的。

所以，在拍摄过程中，那种把人心“拎”起来的感觉，要经常性出现。剧本中对紧张和悬念的桥段已有充分表现，拍摄时就要掌握节奏了。也就是在展现危机时的“松紧”程度，是短时间化解，还是把时间和悬念、紧张感拉长，这需要恰到好处的把握。

再次，这应是一部有质感的剧。无论是服装，道具，化妆等等，都需要力求向那个时代最真实的一面靠拢。无论是过去还是现在，上海是一个有着众多洋人集聚的城市，所以西洋音乐、西洋味道，永远充斥在其中。当时黄包车上的车牌号码，是几位数，这个需要道具部门去查的。那时候汪伪政府用的旗，和蒋氏政府是略有区别的。电话号码是几位数，也是需要做功课去了解的。我甚至认为，民国时期的办公桌该是什么样的，就得用什么样的。那时候的旗袍，那时候的手提包，那时候的背景音乐等等，都需要符合1940年代初的特征。甚至是枪械，如果找不到合适的枪械道具，我们完全可以改掉剧本中使用的枪械。比如“掌心雷”，这就是一种射程极短的枪，便于携带，小得能完全握在“掌心”中。这十分适合沈秋霞这样一个穿呢子大衣的女特工使用。比如特工机关的服装，只要看过电影《色戒》你就会知道，易先生从不穿军装，部下也全是黑衣特工。汪伪特工是没有制式军服的，就像我们的便衣警察一样。同样，在同一个时期的陪都重庆，军统人员配发军装，因为他们属于军人序列，但是机关工作人员和军统特工执行任务时，也是不穿军服的。比如女性工作人员，统一着旗袍，而且是阴丹士林旗袍。这是我采访过大陆最后一名女军统王庆莲时，她告诉我的。比如上海街头的电车，开车人是穿公司制服的，还戴着制式帽子。比如石库门，在上海是有大量石库门的。石库门是一种奇怪的房子，它不像北方的四合院，也不像江南的台门屋，而且还含着那么一点儿西洋的味道。但是却有小天井，会客室，还有老虎窗。说白了，其实是中西合璧的一种房子。“亭子间”就是石库门所特有的。石库门正门门楣上一般会有砖雕的字，比如“同福里”，或者“秋风渡”。比如剧中出现的《语丝》杂志，是可以查到封面样式的。而服务员的服装、邮筒、菜场、广告墙的模样，都需要先考证，再制作。至于在剧本中出现的音乐、路名，涉及的人名和提到的事件，比如明星电影公司，比如演员白杨或者黎锦晖创办的演艺学校，比如周璇的歌曲，哪怕是咖啡馆和饭店，在剧本创作的过程中，都已经经过了详细考证。我的意思是，在此剧的拍摄过程中，也要如此的严谨。在我眼里，剧中的刘兰芝、扁头，说话是会带上海腔调的，但这种腔调不能过多，只适合剧本中设定的人物使用。而毕忠良和陈深，作为戏量多的重要角色，最多偶尔使用一两个上海腔的词。毕竟我们要面对的是全国观众。

在剧本创作过程中，使用了许多场景描述和人物内心的描述，这是为了有助于导演和演员找到感觉。每个人物，首先是在编剧心里活起来，成长，扎根在编剧脑海里的。所以这个剧，需要的是原著小说及剧本中营造的那种氛围。换句话说，就是要具文学性的。我们盘点一下有口碑的影视剧，其实都具有文学性。一个眼神，一片落叶，街头人群密集，突然响起又突然静止的嘈杂之声，以及火车穿过了平原，晃荡的车厢里四目相对等等，是需要恰到好处的表现和表演的。甚至对白的急与缓，轻与重，从容与紧迫，都需要在故事进展中同步掌握。“麻雀”是需要“演”的，无论是“话中有话”，还是肢体语言，或者是情绪渲染等各方面，都已经在剧本中各有体现。也就是说，演员需要尽力去领悟琢磨剧本，然后去达到最佳的表演状态。但是有一条，我觉得这个剧中斗智斗勇的主要角色，表演需要内敛。

总之，本剧的制作过程中，细节真实、逻辑合理、情感动人，是必须要尽力做到的。这不是枪火剧，也不是闹剧，在剧中不应该出现狗血、猎奇、血腥、感观刺激等低级的吸引观众的画面。这是一部静戏，一部充满质感的剧。情节可以是层层推进，可以是剑拔弩张，一波接着一波，节奏也不用慢下来。但是暗战双方的表象都必须是波澜不惊，仿佛我们看到的是平静的湖面，而每个人的内心，都如同湖底下汹涌的暗流。

我们再来分析一下《麻雀》的人物关系。首先是国共双雄的格局，也就是陈深和唐山海，各代表一方势力，他们打入了汪伪特务机关，和毕忠良进行了殊死的较量。在往日的谍战剧中，表现国共双雄的剧不多或者是根本没有。这两个男人，既是对手也是朋友，而且，更重要的他们还是情敌。这里面没有谁对谁错，他们都有情怀，心中都装着国家和各自的组织，但是他们是两个不同阵营的人。而且他们都有一个聪慧灵敏的头脑，超强的特工经验。不过是唐山海是公子哥，陈深是剃头匠，唐山海打球喝红酒，陈深流连在舞厅，还赌博收租……但是最后，他们是联手的，就像当年国共的抗日格局一样，联手抗日。在我眼里，他们都是有七情六欲的英雄。我们常说，革命离不开假夫妻，为什么需要假夫妻？是因为“假”会产生精彩的剧情，而且会有情感纠葛。但本剧中的假夫妻，是军统阵营里的，而且徐碧城是当年特训班中陈深的学生，不仅如此，她的特工技能在学员中，还是倒数排得上名次的。这就容易在执行任务时，具有较强的危险性。这样一个人因为和李默群有着裙带关系，重庆的国民党军统不得不派她来到上海，为的是让她利用亲戚关系秘密开展工作。而徐碧城想要到上海的原因，却不是心怀理想，而是因为心中念念不忘的陈深就在上海。所以，谍战外衣下，是纠结的人物情感关系。这种人物关系，紧紧地绞在了事件中，推动着事件滚滚向前。

陈深同毕忠良之间，是有着曾经救过毕忠良一命的兄弟情谊的，而且毕忠良在单位里也对陈深有着较多的关照。这样的设定在谍战剧中并不稀奇，所以本剧设定毕忠良妻子刘兰芝把陈深看成了亲弟弟。就算拿她一半家产赠予陈深，她都是愿意的。原因是，如果没有陈深，就没有毕忠良这条命。而对于刘兰芝来说，丈夫毕忠良就是她生命的全部。所以，刘兰芝比毕忠良更关心小叔子一样的陈深，而在陈深心里，刘兰芝就是亲姐姐一般的亲人。这样的人物关系，却在关键时刻需要相互搏杀，既温情又残酷。

陈深和李小男之间，陈深视李小男为妹妹，而李小男心中是喜欢着陈深的。她还多了一层人物关系，她的姐姐沈秋霞，其实是陈深的嫂子。也就是说他们本来就是亲戚，这当然是剧情发展到后来才知道的。李小男的种种表现，那种没心没肺到运筹帷幄、果断冷静且有执行力，只能说明她是一个成功的伪装者。前期呈现给观众的，就是一个野蛮女友形象。这是我们努力让观众不经意地进入的误区，而我们接下来必须把她从这个误区中引出来。当观众终于发现她的“医生”身份，发现她是有着极强特工技能的人时，会对她侧目而视。她的心智，以及地下斗争经验，不输陈深。但所有的这些，并不影响她这样一个年轻的女革命者，心中仍然荡漾着爱的涟漪。

此外，柳美娜对于唐山海那种深沉的、简单直白却十分真实的爱，也是令人动容的。所谓世界上所有的爱情都似曾相识，就是这么一个道理。柳美娜所求不多，无外乎要一份稳定的感情，有一个家以告别单身生活。如果按代入感来理解，这也就是当下大龄女青年的心态。而苏三省对李小男的爱，不过是因李小男的一个令他温暖的举动而引发。这是一个从小缺爱的男人，自私，狭隘，阴冷。在得不到李小男的爱时，他会决绝，甚至会歇斯底里地去毁灭。在他的生命中，最令他安心安全并感到无比妥帖的，是他唯一的亲人：姐姐。

以上是本剧的主要人物关系。那么陈深革命之路的引领者是谁？他的引领者无疑是嫂子沈秋霞，这是一位冷静，果断，勇敢，并有着无穷魅力的女人。她是陈深哥哥的妻子，一家七口就剩下妹妹（李小男）一人尚在人间，其余都为革命而死。这本来就是可以给陈深以震撼的。而当陈深以为组织将他遗忘，革命斗志正在消减时，沈秋霞却愿意以死来保全他在敌人心脏继续战斗，因为他在行动处有地位，有得天独厚的优势。其实在后期，李小男和沈秋霞一样，为了保全陈深而舍身就义。陈深的信仰，因此而越来越坚定，我们分明能看得到他的目光，穿过雾霭，沉着地平视前方，缓步向前行走。

这样一个有执行力的男人的背影，是令人动容的。

在我的感觉中，陈深其实是有那么一点点喜欢着嫂子的。这种情感，干净，无私，但不炽热，深埋心底，十分持久。而且在整个剧集的进展过程中，陈深始终能看到嫂子沈秋霞坚定的目光和远去的背影。这是一种无声的精神引领。

在剧本的创作过程中，对人物关系的设定十分地细，主要是想要有极强的代入感，比如扁头对陈深的兄弟情谊。他是十分忠诚的，他甚至愿意跳出来和苏三省作对，告诉李小男，你不好和苏三省好的。对陈深，他视作兄，也视作了靠山，因为无论从哪个方面，他都是敌不过陈深的。这种敌不过，会让他摆正位置，那就是追随。即我们现在所谓的“跟对人很重要”。他有小民意识，需要讨一房老婆，需要安定的生活，陈深甚至在他缺钱办喜酒的时候送了钱。但是他最后也是勇敢的，他为陈深付出了很多。在这个世界上，如果不出意外，汗水的付出，会有回报，友情的付出，也是有回报的。

像这样的设定，以及剧中的官场争斗，都是和观众的代入感有关的。这不是刻意的迎合，而是写我们的生态。其实就个人观点，写剧，写小说，都是一样的，就是给读者和观众一个最真实的人生。而所谓的古装，谍战，侦破，战争等各种的类型剧，不过是各种不同的舞台而已。要讲的并且受欢迎的故事，万变不离其宗，那就是人生。所以，话说到这儿，已经把《麻雀》人物关系给厘清了，但还是希望诸位演职员，都能看一下剧组给大家的人物小传，熟知每个角色的人物性格及走向。人物不能仅仅只是在演员和导演心里活起来，更重要的是活得准确，真实。

编剧眼中的本剧风格。就我本人而言，是喜欢美剧的节奏和风格的，也喜欢烧脑剧。但是我们的很多谍战或者推理剧，都陷入了一种常规。我想寻找一点“新”的东西，所谓不破不立，所谓不出新，宁不写。前面已经说了本剧的特点、气质等等，但我希望有那种舒缓之中显现的紧张。打个比方，电影《风声》中，是有那种强烈的压迫感的。就是谁都不知道，下一步会发生什么。那么我们的《麻雀》也需要是，不停地设套和解套，而且设的这个必须是双重的套，让你解起来无比困难。如果是枪火剧，十分简单，一枪就干掉了你。这并不令观众期待。他们想要的恰恰是，下一分钟是谁死？在剧本中，我用了大量的倒叙，是为了不让气漏掉。比如要查一粒军衣的纽扣，谁的扣子掉了，谁就是卧底。那么一切按剧情发展往前走，结果毕忠良才发现，每个人的衣扣，都还在。我们都会为此而舒口气的时候，一个问题需要解决，就是这粒纽扣是什么时候补上去的？是通过什么样的方式补的？当时缝补纽扣时的情势会有多紧张和紧急？这是观众需要了解并感兴趣的。未曾闻到一点枪声，但是分分秒秒都充满着杀戮，这是我们需要的那种状态。所以，我认为《麻雀》的风格是大部分时刻不疾不徐，最紧张状态下，是短而快的推进与解决，让人屏住呼吸，非看不可。前段时间网上看到一个视频，一头狮子伏击一头牛，都是静态，狮子必须悄悄地过去，没有任何声音，而牛还在傻乎乎地吃草。越来越近了，狮子纵身一跃，咬住了牛脖。但咬脖子的时候已经不紧张了，紧张的是狮子迫近牛的过程，那牛仿佛停顿了一下，仰起头四下观察了一番，但是最后又低头吃草了……你能不为牛着急吗？

直白地说，本剧的节奏，差不多接近于美剧风格，但是却必须有中国特色的人生百态，迎来送往。所以本片的风格要独特深沉，镜头辽阔，画面大气，音乐可以洋气一些，让人觉得这是有品质的大片，展现的是最真实的上海滩特工精英的刀口舐血生涯。

最后想说的是，《麻雀》还必须有情怀。情怀是很重要的。很多创作者认为情怀两个字大而无当，看不到摸不着；还有一些编剧认为，情怀是空的，讲好故事就行了。其实不是，情怀是一种精神，一部戏没有情怀，会松垮下来。剧中主人公没有情怀，那就是紧张机械的故事堆砌。而创作者心中没有情怀，作品也会是苍白的。当初写完《麻雀》小说的时候，我的心久久不能平静，我替陈深在小说中活了一把，而且我的心中有了一种庄重感，甚至为逝去的英雄在心底里默哀。而在小说改为剧本的过程中，最重要的是加强了情感纠葛，以及设计各种扣和解开各种扣。其实我们这个时代，一直都在寻找英雄，需要着英雄。谍战剧中，也是能出现英雄的，英雄是陈深，是沈秋霞，是李小男，甚至是国民党阵营中的唐山海。而网友为《麻雀》自制海报中的一句话，同样充满了情怀：唯祖国和信仰不可辜负。

这种向上的、催人奋进并且感召着人的血火青春与瑰丽人生，怎么会不令人动容？

不管怎么说，麻雀就要海啦啦地起飞了，飞得从容而稳健。作为编剧，万分期待。

2015/07/26 17:19 初稿

2015/07/27 18:26 修改

《麻雀》海报用词

说明：

1. 排版时文字的最后，是可以不用句号的。

2. 我加强了革命、青春、理想、家国等字眼，这是一种正能量的引导。

3. 唯祖国与信仰不可辜负，此句已经深入人心，建议让给陈深。

4. 像“万里长城万里长”这样的句式最好不用，让人觉得一片云雾。我现在改得相对直白，而且基本准确概括了每个人在剧中的状态。

以上各条意见，请酌。以下各条，建议使用，当然具体由制片方决定。

潜伏者：唯祖国与信仰不可辜负

——陈深 饰演者李易峰

狼穴中的凤凰涅槃，生死线上的华丽转身

——徐碧城 饰演者周冬雨

特工精英：心怀家国梦想，热血铸就军魂

——唐山海 饰演者张若昀

青春与爱情里，我要爱得热烈；革命与烈火中，我要死得从容

——李小男 饰演者阚清子

腹黑者：暗流涌动中，冷静温雅与残酷凌厉的刀手

——毕忠良 饰演者张鲁一

革命到底：刀尖上最华丽的舞者

——沈秋霞 饰演者李小冉

2015/08/10 23:07

我承认我五音不全
——写给《麻雀》制片方对音乐的一些意见

首先我承认我五音不全。五音不全的人，是没有发言权的。但是从编剧角度，我想说一点自己的想法。首先，我们这个叫《麻雀》的剧的角色都是青春逼人的，但是我们借用了一个壳，就是革命巨制。而且，我们既要走市场，又需要让全剧有那种热血的革命引领的气质。我想这不算是要得太多，而且我认为这样的“要”是正确的。其实我的创作方向是兼具着商业化的，但是商业化有两种，一种是十分直白的商业化，一种是含蓄唯美的让人更容易接受的商业化。《潜伏》直接借用了苏联歌曲的曲谱，填词创作了一首叫《深海》的歌作为主题歌。每当深夜，我经常会听这首歌，那激昂的旋律让我热血沸腾，给了我无穷的动力。当然这动力不是让我去革命，而是让我写剧本写剧本写剧本。另一首让我热血沸腾的曲子是《SS闪电部队在前进》。那么我们再分析谍战剧《悬崖》的主题歌《地平线》，曲风有点儿像《白桦林》。我不懂乐器，不知道里面是不是有大提琴和手风琴的乐声。手风琴老是让我想起苏联，而苏联，在从前是红色的象征。另一部最近热播的谍战剧《伪装者》，主题曲没有歌词，但是十分激越。片尾曲也像是爱情片的歌，柔软，也有嘶吼激越的部分。在多年以前我创作的谍战剧《旗袍》中，主题曲直接借用了当年学生救亡时唱的《热血歌》，那是抗战时期的“九〇后”唱的歌，那种节奏感，给人一种力量。所以我想，我们《麻雀》的主题歌、插曲和配乐也是要给人一种力量的。这是不会错的。

我在这儿说这些，不是说以上的这些剧一定有多好，这些剧配的歌一定有多好。我的意思是，剧，是有路数的。我们的《麻雀》，是一个“唯祖国和信仰不可辜负”的剧，我们也并没对外号称我们是偶像剧。我们是正剧。那么现在已经写好的这两首歌，我听了觉得也是非常好的，旋律很好，商业上也不会有任何问题。但是软，充满了甜腻腻的爱意，会让我想到我以前看过的民国类爱情剧，比如《金粉世家》等。当然，我们还有两首歌没写，是不是另外两首可以让人感觉到热血一些，能让人感到信仰的那种力量，无坚不摧。而且，是不是可以稍带一些像苏联歌曲那样的曲风，带点儿口琴（我们的剧中也有写到口琴），带点儿手风琴的音乐。

我是个中年人，可能不太了解年轻人的喜好。而且我是音乐上的门外汉，更知道术业有专攻。我们外行说的大部分是不正确的，因为写歌者心里装的是“另一种对剧情的诠释”。所以如果我说错了，就当我没有说过。以上说的这些，是作为编剧对此剧的理解。此剧最最重要的，而且也在剧情中表现出来了的，就是“唯祖国和信仰不可辜负”。

一个不会做木匠的人，对着鲁班指手画脚，实在是不好意思的。以上意见，供“音乐鲁班”参考。见笑。

2015/10/10 20:30

《麻雀》二次片花修改意见

1. 宣传语“围绕名单的重重圈套”，建议改为“围绕绝密文件设下的惊天陷阱”。

2. 第一处空白宣传语处所表述的两三个镜头（1:31），几乎可以合并到“重重谍影里的兄弟情仇”这一单元。

如果不合并，那么再加一个镜头，宣传语：步步杀机，命悬一线。

3. 可把“76号暗藏了多少国共卧底”（2:02）、“拿着军统的钱，却干着共产党的活”（2:22）、“军统和共产党他到底有什么不同”（2:25）这三处纳入第二处空白宣传语这一单元中。宣传语可以是：日伪、军统与中共的三方搏杀。

同时可加入汪伪镜头。我认为上次片花中，一辆车开过来的军装敬礼镜头（第一版1:33），不能去掉。那是比较有仪式感的，而且十分气派。

4. 为了契合关于爱情的宣传词，“这样的我更符合汉奸的身份”，建议改为“我的亲人只剩你和皮皮了”。

5. “这是日本人得圈套”中，“得”字错了，应为“的”字。

综合：“兄弟”一词提得太多，而其实在爱情这一单元中，少了各种表述。陈深和李小男，陈深和徐碧城，唐山海和徐碧城，毕忠良和刘兰芝……都是属于爱情范畴的。

建议：按照现在的宣传语，反过来整合镜头。

2015/11/19 21:50

致《麻雀》出版人

莫默、高丽你们好：

谢谢你们为《麻雀》一书所付出的心力，对于改编成小说，有一些小意见，供参考：

1. 我认为这个剧本本身就是丰满的，许多地方用的也是小说的语言，所以我觉得好的对白不能删。特别是紧张的地方，不能抽掉或漏掉一个小细节，不然会接不上。

2. 我理想中的改编语言，要往剧本现有的风格靠。并且，最好不要加对白，或尽量少加对白。

3. 如果方便，可以发一个改编的局部，供我看看。如果可以，我会再做局部调整。那么回传以后，便于作者掌握风格。

4. 请不要使用特别现代的语言，我认为这是一个正剧，所有的时间节点，差不多都是经过我们认真考证的，特别希望能保持严谨的基调。

5. 在局部缩写的过程中，可以把乏味桥段紧缩，但是要考虑到后面的呼应。一个不经意的对话，可能在后面是用得到的。所以，要细心。

谢谢莫默和高丽，辛苦。

2016/01/12 01:40

陈深这个人

现在，让我们来说说陈深吧。

大约在2012年冬天，陈深浮现在我的眼前。我觉得可以有这么一个中共地下交通员，生活在鱼龙混杂的上海滩。他为什么要姓陈呢？因为我也姓陈。他为什么叫陈深呢？因为还有一个国民党方面派过来的特工也到了上海，那人叫唐山海。陈深和唐山海这一对国共两方阵营的特工，要在汪伪阵营里步步为营，他们的名字拼起来，就是深海。

我一直以为，深海，就是谍战小说最合适的代名词。

陈深是笃定的，所谓笃定就是沉稳。

陈深曾经是个剃头匠，也当过国民党阵营的军官，上过战场，而且还玩世不恭。但是陈深的内心，波涛滚滚。他把李小男是当成妹妹的，他其实还是爱着徐碧城的，那个年代，终究还是可以有爱情的。

陈深是在上海滩比较吃香的人，因为割头兄弟是76号行动处的老大毕忠良。我们都知道，老大罩着的人，在单位里是比较吃香的。而在那个年代，有钱人也是比较吃香的，帅的人也是吃香的。陈深具备了所有条件，所以他必须是一个吃香的人。

问题是他除了帅，而且不羁。他的语速平和，反应极度灵敏，他应该是有迷人的微笑的，他的举手投足，也会令人醉倒，哪怕他只是仰脖喝一口手中的葛瓦斯。

陈深首先是一名军人。可以想见，穿上制服的他，也是精气神十足的。在早前，他是打过仗的，因为击杀一名日军少年兵——那几乎还是个孩子，这让他有了开枪障碍。当然那个时候，是对日作战。然后，他还顺便在战场上救了毕忠良，成为毕忠良的救命恩人。我连你的命都救了，你当老大不罩着我，你还想罩着谁?

陈深和唐山海是不一样的。唐山海看上去富贵，知道红酒的品种，还喜欢去看看赛马什么的。但是陈深是生活在扁头，生活在柳美娜们中间的，他是真实的。就像我们单位里的一名同事，我们都乐意和他去龙井村或者胜利河喝茶吃饭一样。陈深没有唐山海那样的富家子弟气息，但并不说明他不迷人。他拿着一把理发剪，微笑的样子，大约也会令当时的旗袍美女心中生出涟漪。当然，要是换到现在，那是会令女生们尖叫的。尖叫就尖叫吧，谁又怕谁呢。

陈深在《麻雀》中，是不喝酒的。他只喝一种叫葛瓦斯的汽水，这是一种什么玩意儿呢？这是一种酒精含量只有百分之一的饮料，盛行于俄罗斯、乌克兰和其他东欧国家。但是陈深的老大毕忠良是喝酒的，他是老派男人，所以可以喝一点儿花雕酒，用搪瓷的茶缸温一温。他温酒的方式有点儿特别，是在刑讯室那个煨刑具烙铁的炉子上温的。这样的老大，也当真是够酷了。陈深还喜欢赌博，以及替毕忠良收些贿赂或保护费，他迷醉的样子让人觉得，他太像是76号里一个无法无天的混蛋了。

陈深作为一名被遗忘了两年的地下党员，他当然是有抱怨的。但是使命在身，他终于可以成为利剑或者闪电的代名词。陈深主要是敏捷、沉着的一个人，前提是他还有信仰和担当。在惊心动魄的谍战生涯中，爱情也在如火如荼地同时上演。所以我一直以为，陈深活对了一个时代，他的人生也因此而变得精彩。

我们可以来分析和梳理一下陈深的情感关系。陈深是爱着徐碧城的，老师爱学生，在现代社会也多得很哪。但是徐碧城却是有丈夫的，问题是徐碧城不能告诉陈深，她的丈夫唐山海是假的。陈深也是爱着李小男的，但是他只把李小男当妹妹爱，李小男却是把陈深当男人爱的。她其实是陈深的女上司，女上司爱下属，仿佛也是可以的。还有一层情感关系是，陈深是毕忠良的救命恩人，同时又是毕忠良的敌人，再同时陈深把毕忠良的妻子当成了亲人，这位嫂子也把陈深当成了亲兄弟。这是一种令人肝肠寸断的人物关系。为什么说肝也断肠也断，因为陈深和毕忠良之间，其实是随时都可能下手杀害对方的。遥远的往事啊，辽阔、苍凉、两难，册那，真是愁死个人。

现在，让我们来说说上海吧。

那个年代的上海，是属于陈深的上海。我们可以想象的，他撑着一柄黑色的雨伞，站在外白渡桥上，看被雨淋湿的黄浦江，一转头就是苏州河。外白渡桥是一个好地方，在20世纪90年代的时候，我经常抚摸那座桥的铁架。为什么是好地方呢？因为外白渡桥桥面下，一边是苏州河一边是黄浦江。所谓的江河水哪，所谓的浪呀么浪打浪。那么陈深就站在这样的一座桥上，想象着他身处的特工之战，在波澜不惊之中，惊心动魄地上演着。其实我也是十分喜欢着战时上海的，那是一个特别奇怪的年代，是一个漂浮着的年代，也是上海的“孤岛”时期。尽管日军已经完全掌控了这座城市，但是沦陷后的上海仍然有着她沧桑的美丽。那时候的冰箱，那时候的电梯，和现在都不一样，都有一种手艺的魅力。特别是呢子大衣，手工缝的，残留着裁缝师傅足够的手的余温。那样的呢子料，是活着的。“宰相”穿着的，就是这样的呢子大衣。我们都找不见当年的手艺了，希望陈深在《麻雀》中，能让我们看到旧时光的影子。那样的话，我也是会大笑三声，开一瓶黑啤小小地幸福一下的。

好多年就这样过去了。陈深，就要在2015年之夏掀起上海滩谍战风暴，《麻雀》呢，也会海啦啦地飞起。

春天，已经十分遥远了。请为我唱起一首过去的歌。我在我的书房里喝茶，码字，累了闭上眼睛，浮在眼前的就是陈深同志的一生一世。

2015/07/02 23:51 初稿

2015/07/04 00:40 修改

2015/07/08 03:08 再改

隐秘的世界
——短篇小说《棺材梅》创作札记

1

《棺材梅》发在2005年第七期的《青年文学》上，那是八年前的初夏。八年是一眨眼的过程，弋舟兄让我写一个八年前一本小说的创作谈，无异于让我回忆往事。那么就开始回忆吧，不如先说说一个叫李树的人。

李树是有一个徒弟的。李树的徒弟叫三斤，因为他出生的时候只有三斤重。李树教三斤拉胡琴，他们是一老一少两个瞎子，生活在县城诸暨的一条狭长逼仄的弄堂里。这两个孤独的男人，他们的生活中充满了胡琴的声音。他们散淡而略带神秘的生活，是我们所未知的。我们懒得知道这两个贫穷男人的细枝末节，他们像灰尘一样，像影子一样，像被风吹起的稻草一样。

2

李树和三斤生活的弄堂，大约有一里多长。弄堂的两边，是那种高大而古老的南方建筑，十分的青砖与黑瓦。因为这条弄堂的某个局部，生长着一座陈旧的杨肇泰故居，据说他生活在明朝万历年间，那是一个距今五百年的时代。他有过什么丰功伟绩，我一点也不知道，我只知道那条弄堂在我的记忆中，是多么地长啊，长到像一节火车的车厢。其实在不远处的龙山脚下，就有一条铁路穿城而过。铁路与长弄堂是平行的。长弄堂的某个区域，还有一座叫作“城北”的小学，可以听到下课铃声响起后，学生们像鱼群一样从校门涌出来。我怎么都觉得，这样的地方几乎是电影里的场景。小县城，总是喜欢尘土飞扬，各种工厂和店铺鳞次栉比，他们比时尚慢半拍，却一直想着要时尚。李树和三斤，就生活在我记忆里的这条弄堂里。可惜弄堂后来被拆除了，尸骨无存，无影无踪，仿佛从来就没有存在过。现在这条弄堂的原址上，是一个高尚生活小区。是绿城开发的。我知道，有些人很高尚，但不知道小区也有高尚的。

3

李树和三斤不仅生活在长弄堂，而且还是两个瞎子。我对瞎子一直都充满着好奇，总是认为他们的世界充满着隐秘的成分。我写过的一些影视剧里，动不动就会出现一位算命先生。最近的一个剧叫《花雕》，里面就有一个神机妙算的海半仙。他像雕塑一般坐在临水的一条街边，“摸骨论相”的布幡飞扬着，很有仙风道骨的味道。他戴着墨镜，仿佛能把你的骨头看穿。按我的想象，他是略微有些胖的，还留着小胡子，笑容有些坏。他多么像我们的堂叔，二哥，或者远房表舅之类的亲戚。

所以我在《棺材梅》里虚构了李树和三斤。尽管他们不会算命，但他们是会拉胡琴的。像瞎子阿炳一样，拉胡琴也算卖艺。卖艺为生是一种多么辛酸但又多么艺术的人生啊。

4

在我生活的小县城里，是有一个越剧团的。团里的姑娘们年轻，漂亮，长得像阳光下的水仙花。我和她们的距离很遥远，后来我不仅看了一出叫《西施断缆》的越剧，还认识了两个姑娘，她们的年龄正在向二十岁逼近。她们怎么可以那么年轻呢，年轻得连水仙花都不像了。她们有时候会参加饭局，随身带着乐器，比如长笛，酒至酣处，会即兴吹奏一曲。有一次，我看到请客的主人偷偷塞给她们一些钱，才知道原来请她们出来吃饭，是需要付钱的。

直到现在，我也没觉得这不是一件好事，我觉得这样的生活太真实了。她们平常的时候，会在排练厅里穿着灯笼裤排练，压腿，吊嗓子，舞动宽阔而绵长的水袖；没事的时候换上短裙或者牛仔裤，逛街，买零食，吵架，谈恋爱，看望父母……

她们简直就像是我的亲人。

5

我是看过一部忧伤的电影的，电影的名字叫《霸王别姬》。那是我看过的最好的中国电影，我一个人呆呆地对着屏幕看。电影里的张国荣，像一张纸片一样从高楼飘了下来；张丰毅演电视剧很多，现在他好像是老了，再也不像当年的段小楼了；葛优脸色苍白，永远在电影里油腔滑调；蒋雯丽刚从学校毕业，在《霸王别姬》中演了一个一闪而过就不见的角色，现在仿佛也是老了……在我的记忆里，电影中“文革”的镜头红晃晃的很耀眼，呼啸着涌进我的视线，那狂热的年代逼真地在大银幕上显现出来。但我留意到的是一个细节，一口棺材上放着一枝鲜艳的梅花。

我觉得那是一枝忧伤的梅花。

6

大约在十年以前，我十分虔诚地写着小说。我觉得小说家的职业是比较神圣的。

那时候我的生活比较清苦，也比较安静，和现在浮躁的心境相去甚远。有一天我决定要写一个忧伤的小说，我为自己泡了一杯茶，在自己的书房里开始构架故事。我的书房是比较简陋的，简陋当然是因为贫穷。我把阳台包成了书房，这个狭长的空间，成了我写作的圣地。我把书房称为长弄堂。

于是，城北地带的那条真正的长弄堂，浮在了我的脑海。李树，三斤，一个个人都从雾中向我走来。那是一片多么隐秘的世界啊。最后我的视野里看到的，是棺材上放着的一枝梅花。

我为读者虚构的是几个人的人生状态，这里面当然有一些无奈，有一些忧伤，有一些情感，有一些人生况味。我相信这样的人就生活在我们的身边，他们会存在，也会消亡。其实我是喜欢雾的，我喜欢雾里的梅花，触目惊心的一点猩红。但是我不喜欢雾霾里的梅花。

雾霾终于出现了，这也算是一种无奈吧。我们必须无奈的，我们不无奈，这人生就不像人生了。至于《棺材梅》，以及那年那月的写作，多么像我年轻时候的一场梦。

其实，和李树、三斤一样，音乐对于他们，写作对于作家们，都是一个隐秘的世界。

2013/12/26 23:00 写毕

2013/12/28 14:41 修改

一声枪响
——长篇小说《回家》创作谈

我谋划了很多年，总是希望写一场南方地域的战争。这场战争，应该像一场黑白无声电影，听不到对白，却能听到胶片转动的声音。在嘀嘀的匀称而温暖的声音里，请你顺着我的视线望出去，可以看到的是六十多年前的紫云英或者麦田，以及蒸腾的水蒸气在阳光下上升，还有哗哗作响的河流。我热爱着那个年代的人们，以及纷乱的人生。“纷乱”让人感到真实，熨帖，以及种种百感交集。这时候可以让一声枪响，撕碎村庄，城镇，山谷，田野的宁静。接着炮火从田野阡陌和山谷升起，黑烟滚滚……

我们从来都不能避开战争。战争对于人类，仿佛癌细胞对于生命，地震、台风、海啸对于地球，随时都虎视眈眈，随时都有可能发生。我们生活得像一只只蚂蚁，狭路相逢，有可能点头行礼，有可能把对方咬成两截。六十多年前，就是兵刃相见的年代，血光、烟雾、枪炮声和身体的各种零部件，在每一寸土地上都可以窥见。这让我想起宁波姜堰敬老院的一位抗日老兵，喝了一碗黄酒后开始唱《满江红》。我突然觉得枪炮声离他很远了，他很幸运能活到现在，身体健康得能喝下一碗黄酒……我老家诸暨，也有许多参加过抗战的老兵。他们垂垂老矣，他们日薄西山，手脚不再灵便，眼神有些呆滞。但是我竟然酷爱着他们显然已经不再标准的敬礼姿势。接着可以想象，他们将一个个离开这个世界，像一只只孤鸟一样，一声哀鸣，消失在天的尽头……

我们谁都会离开这个世界，我们谁都深爱着这个世界。我特别爱好和平，这样除了人们安居乐业，还能让我安静地写作和生活，有时候吹吹牛，有时候喝喝酒，有时候可以在西湖边或龙井村里矫情地晒晒太阳。但我也热爱着战争里的士兵，钢枪铿亮，铁骨柔肠。他们有一个巨大的心结，就是回家。

这是我主观臆断的士兵们的心结，因为他们首先是血肉充盈喝酒撒尿的“人”。我以为“回家”是这个世界上最温暖的字眼，温暖得如同“棉花”。但是有战争，回家就变得无比奢侈，路途漫长。而一声枪响，往往是某场或大或小的战争的序幕。

我想起1989年春天，我在江苏南通当兵。新兵连实弹射击，我趴在潮湿的春天的土地上，扣动了扳机。也是一声枪响，子弹从八一式全自动步枪枪膛里盘旋着呼啸而出，穿过春天，直达胸环靶。那声脆响让我的热血沸腾。多年以后，我选择夜深人静时长时间地看那些有关中日战争的黑白纪录片。我知道六十多年前的战争离我如此之近，所有的枪声都是一样的。而参战士兵像赌博一样，在弹雨中穿行，不知道哪一粒金属做成的雨滴会把你毫不留情地洞穿。

多年以前的泥土里，裹挟着太多的血和肉。南京、上海、金华，以及长三角的诸多地方，紫云英仍然傻乎乎地在春风里疯狂生长，它们招摇着，一点也不知道枪炮对人的伤害。那个年代的故事在我脑海里渐渐清晰，这令我得意而彷徨。我不知道那些倒下的人，能不能在我的纸上重新血肉丰满地站立。他们是陈岭北和黄灿灿，他们是小浦东和蒋大个子……他们就是我们的叔伯娘舅或者兄弟姐妹。他们的后方，或许像陈岭北一样，都有一个最后化成了一件挂在墙上的衣裳的嫂子，如同啼血的杜鹃一样触目惊心，一片艳红。他们的巨大心愿，其实没有多么高尚，是小而卑微的：回家。

2014年2月12日，杭州降雪。写下以上随意而凌乱的长篇小说《回家》创作谈，同时听到一声枪响。

2014/02/12 22:28

沉湎与徘徊

——说说长篇小说《向延安》《回家》

我相信我是一个喜欢沉湎与徘徊在往事中的人。许多时候，我阅读与写作，安静生活，时时回到泛黄的岁月中，寻找那些故纸堆里的往事。我总是觉得往事能够深深地打动我，让我成为一个穿着长衫、戴着眼镜的民国读书人。我为如此的臆想而矫情，而窃喜。

杜拉斯总是选择在一堆光影里缅怀往事："我已经老了，有一天，在一处公共场所的大厅里，有一个男人向我走来。……"

安东尼·伯吉斯在《尘世的力量》（*Earthly Powers*）中，用一种平缓的口气告诉我们：那是我八十一岁生日的下午，我躺在床上，和娈童玩耍。这时，阿里大声说主教看我来了……

现在看来，追寻往事真的是一门学问。

常青《沉湎》

2011年初夏，在美丽的西溪湿地一个破旧的鱼塘边，我也开始追寻往事，脑海里老是浮现旧上海一群年轻人不断晃动的模样，他们的面容模糊但是精神勃发。我想他们一定是想去延安了，所以我一次次地坐在电脑前设想他们在去延安的路上遇到的种种磨难。同时我开始搜集大量的资料，我不由得吃了一惊是因为我突然发现，“孤岛时期”上海的繁华一点也不逊色于现在；同时我还发现，所有的青春几乎一模一样，叛逆、激情、充满幻想以及热血沸腾。

《向延安》应该是一部关于理想与信仰的小说。我想象着这些革命路上的年轻人的纠结与徘徊，这些年轻人心底最真实的想法，这些年轻人坚守的信仰与永远高扬的信念……我一直以为那个年代是一个战乱频频却美丽的年岁，所有的青春都激情四溢，一个巨大的声音在人们心底里呼喊与回荡：到延安去！

世界上所有的青春都似曾相识，我也有过曾经的青春。《向延安》是我一次偶然的回望，我相信写作的过程，就是我用我的个体经验了那个年代，那么怅懵又那么坚定，那么惨烈又那么美丽……

我想，我大约是从这个初夏开始喜欢往事了。

《回家》写的就是那么一批老兵，他们的心愿单纯、轻薄、简单，只是想要回家。

就在这个卑微心愿的驱使下，这些老兵在枪弹中穿行，完成一场温暖而百感交集的回家之旅。我想在这儿仍然可以顺便提一下四个中篇的，《往事纷至沓来》《干掉桂民》《麻雀》《捕风者》，它们统一生长在民国。我阅读过许多那个年代的资料，包括地方史和党史，甚至野史，我用一双好奇的目光打量着民国。我想我对我的谋篇与布局略有自信。当然，我更认为写下乱世故事，并不是所谓的想象力缺失。乱世是精彩的，有着各种可能性的，比如说“76号”的种种暴行，或者说1940年代的一场暗杀，一场风花雪月。

也许和个人性格有关，我仍然愿意长久地沉湎与徘徊在往事中。这一次的一个普通的午后我想到了辛亥，我甚至想到了略带笨拙的武侠，一些侠士忙碌地穿行在村庄，桑园地，河流边上，以及陈旧的月光之下。我在此间取材，却取得并不轻松。我暂且给她取名为《长亭镇》。

“多年以后，面对行刑队，奥雷里亚诺·布恩迪亚上校将会回想起父亲带他去见识冰块的那个遥远的下午。”马尔克斯喝了一杯白开水，他的目光在眼前铺陈，像一条通往故事或往事的路。

而作为一个孤独的写作者，我将在往事里依然徘徊，一样沉湎。

2014/11/08 02:32

从《回家》看军事题材新方向

想起长篇小说《回家》的创作，如同想起一场南方的局部战争。那时候我长久地盘踞在书房，在纸上展开一场自己和自己短兵相接的白刃战。人的战争从冷兵器到热兵器，而蚂蚁的战争，只是从相互搏斗到撕咬，其本质相同——捍卫主权、领土和尊严。

这是一部十分严肃的纯文学类小说，写作过程辛苦而漫长。在我眼里她其实已经不再是一个战争小说，她描述了民国年间江南一类人生活的局部。《回家》获中宣部、浙江省两级精神文明“五个一工程”奖，宁波市委宣传部积极主抓了这个项目。我们共同打造出了一场持久的南方战事，此刻《回家》的影视改编正由合适而神秘的编剧紧锣密鼓地进行着。我预感小说《回家》的后续，说白了就是在小说基础上，再用多种艺术形式加以呈现，将是一场旷日的战争。她可能会以多种文化载体呈现在大家面前。战争，与其说是向英雄致敬，不如说是向尘世之中的世人示警。多年以前我在部队当兵，深知对于战争来说，兵员只是一个细小的零部件。他们整装待发，除去“假大空”的口号，我们将要看到的，是他们在完成一个兵员应有的担当和使命。那就是：你若犯我，杀！

在我的眼里，军事题材（或者说战争题材）影视剧的方向，在现今特别是“文艺工作座谈会”后的气候下大体如下：一、神剧雷剧数量减少，但仍有不少不太接地气的战争戏出现；二、接地气的军事题材稀缺，但是创作沉稳扎实、具有情怀的战争剧或者以战争为背景的剧集，或将以精品的面貌出现；三、军事题材的创新需要开辟新战场，抗日剧过滥过多，我们忽略了主题创新、战争内容创新、战争年代创新（如辛亥、古战争等）……我一直以为，无论是《人间正道是沧桑》，还是《士兵突击》《我的团长我的团》，都属电视剧中的精品，它们像打开的一扇大窗，看出去是一片辽阔，阳光明媚，水草丰美……

情怀这个词，或许嘴上说说容易，但是在艺术作品中深化、挖掘、表现却很难。流于形式的壮怀激烈一直以来都只是一个假象，唯有从人心和人性出发，震撼观众心灵，才是最困难但也将会是最成功之举。作为原著作者，期待电视剧《回家》如炮声在我耳畔鸣响……

2015/03/23 14:27

对《野山鹰》片花的意见

1. 开场吸引力不够，我觉得外白渡桥边上等待战斗时，野山鹰和朱有为的状态还可以剪短一些。

2. 生化武器那段情节，恰是独特的部分。现在的抗日戏都是太类同，有新意处请多剪一些。

3. 给每个演员打字幕时，像张山，像端木，都是在本就静止的状态下定格的。其实画面若是从动态至定格，会更好一些。我觉得张晨光从窗口探一下头，来定格，好像不是很妥。以此类推。

4. 后面感情戏部分有的地方拉得太长。比如姚雪婷之死，可以截取最感人画面。从画面上看，耗子演得更动情些。

5. 每一次推出片名时，应有“原石”标识。标识是必须一次次强化的，这是无形资产的培育。

6. 现在看来，可能是张晨光和付淼的戏份太弱，在片花中没看到过多的镜头。从剧本上来看，张和付应有精彩戏的。这个拍成啥样我不太知情，所以不好说。总之比前一版好多了。需要斟酌的是，情感类的素材，点到即止就可，一旦表达得到位了，观众明白了，那就说明所剪的素材长度足够了，不允许有多余时间再来拖长。

2015/04/11 12:02

《野山鹰》开机前致诸位主创

离开机还有五天，在这个清晨写下三言两语，和诸位主创讨论一下关于本剧的一些细枝末节，或者是说，编剧眼中的本剧是怎么样的一个剧。说到哪儿是哪儿，或许没有章法和逻辑。若能为本剧拍摄提供哪怕一丁点儿的品质提升之处，那也是好的。

先来说说背景。本剧的背景在我初创剧本时，脑海中呈现的是一幅幅画面和一个活起来的时代。这个时代应该是1941年左右，皖南事变前后，是国共联合抗战时代。红军被改编为国民革命军第八路军和新四军。新四军在江南一带较为活跃，总部曾经设在苏北，以及安徽等地。而在浙东山区，四明山就有新四军的游击支队。我们故事的发生地，应该就在长三角这块地域。四明县是我虚构的，真正建置的四明县只有1948年12月至1949年5月的5个月间，之后迅速废除了。而我们的故事发生在1941年前后，地域我仍然定在了四明山脉的周边，并且依旧设置了一个四明县城。这样的县城，和其他县城都差不多，几乎就是抗战时期的一个模板。县城被日军占领，竹也联队驻扎在这儿。联队是个什么概念，大概相当于一个团。而大佐，差不多就相当于我们的大校。剧中的新四军驻地，应在距县城数十里的山上。在县城和新四军驻地之间，有中空地带，即相互都无驻防的地域，这样就可以让我们的一些“紧张戏”在此发生。比如我在此奔逃，日军就要开拔过来围捕……

再来说说这个时候的军事势力。一边是新四军，一边是日军和汪伪部队。汪伪部队在浙江地域，大概是称为“和平救国军”的，我们俗称为“和平佬”，一向是配合日军作战。新四军呢，有游击队配合作战，所以有修械所，被服厂，担架队，当然也有新四军正规部队。这两股力量，在此呈“胶着”状态。但是我们不表现正面战场，正面战场只有第一集中两军对阵的一场戏，是故事打开时候的场面戏。此后就是小股部队作战，也就是所谓的海棠行动小组（后为山鹰战队）和樱花战队（后半程的力量改为王伯雄和上官雪的军统力量）的对阵，说白了就是女子小组的对阵。“野”是中国的一个姓氏，“大鹰”是日本的一个姓氏，所以特意设置了两只鹰的对阵。其实大鹰淑子真有其人，就是著名的日谍李香兰。所以后半程日军投降后，大鹰淑子的名字，我改为了中国名，叫崔香兰，也是信手拈来的。

在中方力量中，设置了苏海棠和野山鹰两个人物。苏海棠是一个内敛的人物，有能力，神枪手，且受过特工训练。而野山鹰是一个出身于担架队的游击队员，是一个野路子，野得个性十分张扬，就是所谓的女汉子。这两个人，如果按部队的设置，野山鹰若是军事主官的话，差不多苏海棠就该是政委。这两个人相得益彰，矛盾不断，但是实际上是惺惺相惜的。而另一杆神枪，则是大鹰淑子，果断冷静，作战勇敢。所以说这其实也是女子神枪手对决……

还是先说说关于女子战队的戏。

在此之前，我们见过了一系列关于女子战队的戏，这些戏一般情况下，会有较好的收视率，原因是因为“强情节”。但是另一个结果是，戏火人不火，更谈不上戏红。

我们来分析一下原因，最有可能是这些戏里，很少涉及人物情感关系的纠葛，以及人物的个性塑造。我们盘点一下看过的电视剧，很多情节我们已经忘了，但是却记住了人。比如说我们记住了李云龙，记住了余则成，记住了周乙，记住了许三多……这就意味着，塑造人物形象的重要性。但是人物形象站起来，得有明显的个性特征，而人物个性需要在事件中体现。

现在这个剧的剧本，除了有几个单元的博弈外，穿插了潜史与情感。比如说野山鹰为什么恨国民党，闫小蓓曾救过野山鹰，苏海棠与王伯雄之间师生情之外的另一种情感，王伯雄复杂的人性纠葛，上官雪类似于“小三”的极具“代入感”的复杂心态，大鹰淑子为复仇而活，二师兄的情感历程——先是钟情苏海棠，后来发现是一厢情愿后又心系野山鹰，耗子暗恋姚雪婷，雪婷钟情二师兄……

所以说，这个战争背景的戏，其实战争是舞台，舞台上上演了各不相同的人生，和那个年代的爱情。她变得不再是单凭强情节来推进剧情了，相对而言更接地气。所以这个戏，不光是靠打的，还要靠演的。看过剧本就知道，主要人物的个性是各不相同的。每个演员可能都看到了人物小传，这些人物小传在剧本进行过程中，略有更改但是主体不变。我在这儿再说说我眼中的这些人物。苏海棠极正面，冷峻，她的背景身份是共产党地下组织的人，长期卧底在军统内部。提到军统顺便插几句，军统组织是一个庞大的特务机构，在抗战时期活跃在各地，像上海的“飓风队”就是一个让人闻风丧胆的暗杀队，杀了无数汉奸。还有一些军统人员，是安插在部队里的，随时了解部队官兵的动向。所以有在部队中的调查组，其实这样的调查组或明或暗，最活跃的时候应是在1949年左右，因为这时候官兵的思想摇摆不定，随时可能会向解放军投诚。当然，1949年军统已经更名为保密局了，这是题外话。回到苏海棠本身，她的着力点或者表现上，主要需要注意的是两个方面：一是果断的军人作风。这是一种略带有一点“权力魅力”的意味的，当然更在于她敏锐的判断，果敢的作风，以及良好的军事素质。说白了，她就是我们职场中的佼佼者，一位优秀的女同事。二是情感纠葛。她是仰慕特训班上的老师王伯雄的，什么意思呢？仰慕老师也等同于仰慕大叔，大叔一般沉稳、果断、包容，给人安全感，而且本剧中的这位大叔正是一名优秀的教官。在人物关系上，她其实是老师王伯雄一直在寻找的妻妹圆圆，而且老师的“小三”上官雪对她是妒恨的，因为上官雪凭着女性的敏感，觉得王伯雄心里有苏海棠。姐夫喜欢小姨子，而这小姨子身份又没有明晰，是慢慢被发现的。后面我会再说说王伯雄这个人物……

再来说野山鹰。野山鹰在剧情中她的性格已经十分明晰，演员在表演的过程中，要略微地注意她可爱的一面。她已经是一个女汉子了，简直是一个可以上房揭瓦、举枪杀敌，敢喝酒敢骂娘敢爱敢恨敢死的人物。但是她毕竟是一个年轻女孩，她有渴望的爱情，也应有小女子的可爱处。剧中已有一些体现，但是在表演中要借助演员的力量来表达，这样就会让野山鹰这个人物更立体。我一直以为，演员的眼睛需要会说话，眼睛的意思就是眼神，眼神是可以传达人物的种种个性的。《我的特一营》中，铁蛋已经够疯了，而且她还是官二代。但是在本剧中，光疯没用，要传达的还有一种咬牙杀敌时的狠劲，还要传达的是，她本是山村女孩，行走如风，她几乎就是一只盘旋与飞翔的鹰，她浑身上下洋溢的是一种不停冲撞着的、喷薄欲出的野性。在剧情中，她有一个成长过程，一开始当然是经常犯错的，甚至被关过禁闭。她关禁闭不许战士押着她，她说要自己押着自己去关禁闭，这就是她的性格。但是在和苏海棠代表国共并肩作战的过程中，她和苏之间磕磕碰碰，友谊也在这样的磕碰中慢慢滋生，这样的滋生是无知无觉的。最后她成长起来了，成长为被服厂厂长，成长为山鹰战队的队长，这个过程中不再鲁莽，变得冷静果断，说白了在指挥技术上，已向苏海棠靠拢，甚至超越。而且她是战斗至最后的。战得异常惨烈，触目惊心的场面中，无疑成了一只硝烟中飞翔的鹰。最后她中弹不倒，吹响了赵团长留给她的子弹壳磨成的哨子……

剧中有一个叫一枝梅的人物。她是活在我们身边的人，她就是隔壁的大姐，她爱算计，爱生活，嘴上骂骂咧咧，拍桌打凳，但是却只想要有自己的小日子。这样的人物在我们身边有很多，内心对谁都善良，而且十分忠于自己的爱情，她的男人野山青简直就是她的命。这样的人物就会有血有肉。在她咋咋呼呼的表象下，其实是会令人动容的。她在重伤的时候，又开始打她的小算盘。她算来算去都觉得，此时野山青已死，她的快乐仿佛不多了，而且伤重得仿佛也是无可救治的。这时候她选择了自行了断。

她带给了队友们无限悲伤，最痛的当然是一向与她为敌的小姑子野山鹰。

上官雪的戏量不是很大，但是她的身份特殊，她就是民国时期的“小三”。一般“小三”的心态是极其复杂的。所以除了正常的作战行为以外，她要有妒恨，要被王伯雄认同身份，她还和王的女儿芊芊有一些戏。所以在形象塑造上，她有了丰沛的底子，各种埋在心底的情绪，就需要演员去发挥了。

大鹰淑子，竹也，耗子以及山鹰战队和樱花战队的人物我就不说了，请参考人物小传。如果需要交流，我们可以坐下谈谈。我可能会经常在组里出没……

在这儿说说二师兄。本来在女子战队的类型剧中，男人戏没有那么强，而在本剧中二师兄从头至尾贯穿了全剧。他是一个有点儿文化的吹牛大王，也是国民党军队中一个得不到任何晋升的士兵。本剧中，他的对白量较大，而且他和一枝梅是本剧中的喜感人物。说到这儿顺便说一句，正儿八经的战争剧，收视率会出现一些问题。我们说最大的感动是笑中带哭，就是这个道理。如同电影《美丽人生》，把集中营中那种被死亡笼罩的氛围拍出了喜感，但是最后却十分地感人。周星驰的电影，也是如此，看似喜剧但是最后却满含着悲悯情怀。我们还可以看到《虎口脱险》，那就是一个战争喜剧片，斗鸡眼打飞机当然是不成立的，但是在剧中就能成立。而一个成功的文艺作品，就是将让人觉得不成立的，变得十分可信。当然，我们这个剧不是喜剧片，但是一定要有喜感，我觉得片花中，就应有一小段是关于喜感部分的。二师兄的最好走向是牺牲，在后半程，他一路都在追求着野山鹰，就在追求将要成功的时候，他战死了。他的种种无厘头，他的种种好，他的种种音容，这时才会重现在野山鹰脑海。他就是那个时常说“古语有云”的傻秀才兵……总之是，悲壮，很大一部分来自喜感的铺垫。连爱情的悲壮也是如此，我们至今还能记得经典台词：曾经有一份真诚的爱情放在我面前，我没有珍惜……

最后要说的人物是王伯雄。王伯雄是老练稳重的情场和战场上的高手，我特别想说一下他对苏海棠和上官雪的情感。上官雪是迎着王伯雄贴上去的，也就是放到了王伯雄嘴边的，王伯雄顺便就笑纳了。王对上官雪的情感，是随便的，不是特别珍惜的，而且还有一点儿利用关系在里面，即让上官雪为自己的晋升建功立业。而上官雪的悲哀也是来源于此，她十分紧张，紧张苏海棠的出现，所以她对苏异常警惕，凭着自己的敏锐直觉，就觉得这是一个最大的情场对手。上官雪想要的就是，让芊芊接纳自己，让王伯雄娶自己为妻（其时王妻，即苏海棠亲姐姐已亡故）。这对于一个小三来说，是无可厚非的渴望和选择，如此人生即相对圆满了。而王伯雄对苏海棠的情感是，我喜欢，所以我珍惜，我不轻易触碰，也不愿苏海棠受伤。王对苏海棠是有感情的，而苏海棠对王只是仰慕，有好感，没有明显的感情外露和表达。王伯雄一直受亡妻之托，在寻找着失散的胞妹圆圆时，发现了苏竟然就是圆圆。而苏海棠却在尊敬的老师各种丑陋的嘴脸露出来以后，终于举起了老师送她的小手枪，含泪向老师扣动扳机。在潜史中，王伯雄妻子被绑时，他开出了一枪，误杀了妻子。这成为他心中永远的疼痛，而国民政府却以王为了完成任务而敢于牺牲家人这一义举壮举，让他成了英雄。英雄的疼痛来自女儿对他的仇视，一个敢于杀妻的人，是多么令人感到可怕。所以他要承受的是女儿对他的冷眼，却又要时时尽父亲之责，而且还要努力完成亡妻的遗愿，寻找妻妹圆圆。所以这个人物，肯定不是好人，但是却又有着丰满的人性。

关于角色，就说到这里，再说说各种细节。在服装上，尽量使各方人员的服装，更接近于真实。新四军的装束略为简单，日军和国民党军队的相应要考究一些，特别是日军作战部队的几件套，要有体现。当然，两组女子战队的服装，可以做些改变。女性的体形之美，采用比如束腰等设计，可以增加美感。女子战队穿便装时，也要让这些便装美观好看。像大鹰淑子，有时候她是穿和服的，有柔媚的一面；而穿上军装，一定是英姿飒爽。

在这个剧中，我分列了各种战法，如山地战，地雷战，巷战，城市之战，甚至带有部分谍战，如同游戏中的破关一样，如同《西游记》的九九八十一难一样。女子战队在本剧中，说白了其实有点儿类似于打通关游戏。我们知道，通关游戏其实是能吸引人的，所以我们要把精彩部分呈现给观众，和观众一起通关。在表现上，本剧有神枪手对决的大量戏份，而且这三个神枪手都是女性，分别是苏海棠、野山鹰和大鹰淑子。此外还有武戏，武戏部分需要武术组的创作人员，设计出那种不是很雷却又打斗精彩的动作，也就是掌握一个度。像跑酷，或者是纵身翻越墙头等都可以体现，但是不要有轻功之类。此外还有野山鹰的爬树、设陷阱、弩器、奔跑种种野外作战技能，这是她当猎户时学到的，不是从正规的军校。开枪也是，野山鹰开枪几乎不瞄准，只能见到枪杆的挥动。

此外，个人比较喜欢细节部分的特写。我一直以为，悲伤和狂喜，都需要特写。那些子弹跳膛，中枪时鲜血飞溅，甚至打斗时的脸部表情，都是特写来得震撼，会触动观众的视觉神经。关于音乐，可以有轻松的和悲壮的两种表现方式，配合在画面中。既然是女子战队，那么主题歌用粗哑些的男声会更好一些。

我们再来说说电视剧现状。在战争戏扎堆的今天，没有特色可能是寸步难行的。从观众心理学来说，你是用什么吸引观众的，你得拿得出来。既然本剧中有许多笔墨落在了人物性格上，那么表演就是对演员们一个极大的考验了。我不是演员，但我是编剧和观众，我知道观众最不喜欢的是生涩、拘谨的演出，也就是说演员没有把自己打开。所以个性张扬的角色，他应该是忘乎所以的，他就是替剧中人活着的。所以吃透人物很重要，最好是能深挖到根，这个人物的根是什么，她的潜史是什么。比如野山鹰，和兄长是失散的，她几乎就是孤儿，那么当她表妹胖妞在战场上战死的时候，她会更加地歇斯底里。那种先呼喊，悲伤，然后充满动感地跳跃，出枪，击发，会像一道风景一样闪现在战场……

顺便盘点一下战争戏。在《亮剑》和《狼毒花》成功塑造了痞子英雄后，成为一股风，我们很难脱开这种本来是新鲜的、但是多了以后却实在常规的人物形象。然后是一系列的女子战队，好多的铁血系列，包括《猛犸敢死队》《女子炸弹部队》等。还有一些神剧雷剧登场，如《抗日奇侠》等。稍接地气的是《中国兄弟连》《川军团血战到底》等，这两部在人物个性上也有塑造。而《壮士出川》在前面几集，打得十分猛烈，却忽略了人物。直到某一集中，林江国这个新连长，和痞子排长在军营中的角力开始，这集戏才相对精彩了。但这样的角力，无疑是没有枪林弹雨和炮声隆隆的，是人物的心理冲突和行为冲突，是需要靠演员来演的。突然想到的是，这一集是可以称之为民国版《士兵突击》的，因为在《士兵突击》中，也有关于军纪的较量。而柳云龙《铁血壮士》前三集，也几乎是不停的打，人物没有停下来，没有表演和表现，会让人视觉疲劳。如同火车的隆隆声，一味地隆隆声，会让人因为单调而起睡意。所以，当《永不磨灭的番号》出来时，吸引了诸多观众，让我们突然看到，日军原来可以是帅的，芦芳生的腿也蛮长的；看到不是李云龙式的，如李大本事式的也是能成为英雄的；看到群戏不错，但是主角照样能突出的；看到仿佛十分喜剧，却又无比悲壮的这样的剧集。当然，这只是个人观点，个人看剧，各有好恶。以上这些剧集，都有优缺点，我们要吸取优点，避开缺点。说白了就是在密集枪声中，在斗智斗勇中，让人物停下来，不是打下去，而是活起来。让战争这个巨大的舞台，成为演戏的场所。

导演不仅是一名曾经的编剧，也导过大量与战争有关的优秀电视剧，把握这样的题材轻车熟路。诸位大侠也曾经在各种剧集中一展身手，有着丰富的表演经验。制作部门也是能够召之即战的……我所以写下以上这些，是我认为我有必要把我眼里这部戏的状态告诉大家。它在我心里活了有些时间了，一些画面经常浮在脑海。除此之外的，就是我对这个剧的一些建议。我是当兵出身，所以把每一部剧都当成一次打仗，也特别希望此次拍摄也是一仗。我还有轻度的心理障碍，总是希望每一个细节尽量不留遗憾。相信这部剧，会与之前的同类型剧有所区别。

天已大亮，开机指日可待。借用二师兄的台词：“子曰：早起的虫子有鸟吃。”以此与诸位共勉。

此致，那个敬礼。

2014/11/03 08:25

给《女管家》女一号张钧甯的回复

张钧甯好：

小七对马家是没有恨意的，因为马三胖其实就是给马家打工的。如果我们代入的话就是，某大佬下面一个人的私人行为，他对我下手，而我就开始恨某大佬了。这个恨不太恨得起来。另外是小七养父病入膏肓了，也就是说，不久将死，而马三胖是不用死的，现在也在这一事件中死了。所以无论如何，付出的代价其实是马三胖更大。而小七按法律来说，如果事实查明，其实是要判刑的。她已经逃脱了法律制裁，从心理学角度来说，反而是自己这一方有所亏欠。当然后面台词中说，我爹之死和你马三胖脱不了干系，也成立。如果要加强仇恨引发事件，就会让戏的方向走偏了。

杜明海和小七刚开始的情感戏中，我们加了一些节点，比如：杜明海码头救小七；小七在赌场暗中帮助杜明海；之后在街头相遇，杜明海看小七的眼神等。那么，其实在这些戏中，杜明海对小七的感情是比较明朗和外露的。相比而言，小七的感情就是隐忍和克制的，这在台词中有体现，在小七给杜明海换药时的真情流露和之后街头相遇时的冷淡之间的差异中有体现。其实小七是矛盾的，一方面有心动，一方面不忘复仇，有克制。当然这需要到位的演绎。接着是小七在逃离杜家之前，已有对明海的不舍，包括她从安庆回来，有一半原因是想再见一眼明海。这些都在剧本中有明确体现，在表演时可以把握为：有明晰的好感，哪怕是目光中或是细小的行为上，但是稍纵即逝，感情回收。因为她是害怕与杜明海在感情上明朗化的。

2015/11/19 16:30